호텔 피베리

HOTEL PEABERRY

호텔 피베리

곤도 후미에 지음 | 윤선해 옮김

황소자리

차례

잠에서 깨면 매일같이 비가 내리고 있었다.

이 땅에 내리는 비는 언제나 같은 표정이었다. 소나기처럼 한순간 격렬하게 적셔버리는 일도, 쏴아쏴아 소리 내며 쏟아붓는 일도 없었다.

이곳에 내리는 비는 안개와 섞이듯 숨죽이며 지면과 나무들을 적셨다. 조금 걷는 정도라면 우산을 쓸 필요조차 없었다.

불쾌함까지는 아닐지라도, 이곳에 오기 전 내가 품고 있던 이미지와는 180도 달랐다. 나는 훨씬 더 여름 같은, 눈부실 만큼 뜨거운 태양을 상상했었다. 그러나 적어도 내가 체류하는 이 마을은 수영하기에는 조금 쌀쌀하다. 바다에 들어가 있는 사람이 없는 것은 아니었지만, 나는 굳이 그러고 싶지 않았다.

시코쿠의 절반보다 조금 큰 섬이지만, 비가 내리는 장소는 정해져 있는 듯했다. 서쪽 해안선 연안에는 비가 거의 오지 않았으니까. 하나의 섬에서 비가 내리는 지역과 내리지 않는 지역으로 분명하게 나뉜다는 것이, 일본 밖으로 나가 본 적 없는 나에게는 매우 놀라웠다. 곰곰이 생각해보면, 조금도 이상할 게 없는데 말이다.

인간의 삶도 마찬가지다. 폭우만 내리는 인생이 있는가 하면, 흐린 날조차 없어 보이는 삶도 있으니까.

1장

비행기가 선회하여 넓디넓은 땅에 내렸다.

빈말로라도 잘했다고는 할 수 없는 착지 이후, 기체는 천천히 활주로로 미끄러졌다.

나는 팔걸이에서 손을 풀고 깊게 심호흡을 했다. 비행기는 싫다. 지금까지 비행기를 타본 것은 딱 한 번, 대학 졸업여행으로 오키나와에 갔을 때였다. 고작 두 시간 반이었는데도 등짝이 철판처럼 굳어버리고, 손바닥은 땀으로 흥건해졌었다. 그로 인해 같이 간 친구들에게 갖은 놀림을 당했다.

대학생 시절의 나는 친구들이 많이 따르고, 주변을 이끄는 타입이었다. 그런 내가 비행기를 무서워한다며 친구들은 재미있어했다. 겨우 4년 전인데 매우 오래된 일처럼 느껴진다. 시간의 문제는 아닐 터였다. 아마도 내가 너무 먼 곳으로 와 버렸기 때문일 것이다.

나리타에서 오아후까지는 일곱 시간. 그곳을 경유해 하와이까지 다시 한 시간. 도합 여덟 시간을 탔는데도 비행기에는 조금도 익숙해지지 않았다. 이번 여행이 일주일 만에 돌아가는 게 아니라는 사실이 지금은 진심으로 감사하게 여겨졌다.

귀국편은 3개월 후. 길고 긴 휴가였다. 일본에서 악착같이 일하고 있을 친구들과 지인들이 들으면 부러워할까, 아니면 어이없어 할까.

비행기가 멈추자 승객들이 자리에서 일어났다. 나도 기내반입용 여행가방을 들고 자리에서 일어났다.

비행기를 나서 트랩에 발을 디디다가 순간 멈칫했다.

아무것도 없다. 그저 휑뎅그렁한 활주로와 그곳을 가로지르는 펜스만 보였다. 펜스 밖에도 건물 같은 것은 없었다.

지면에 맞닿을 듯 두껍고 묵직하게 내려앉은 구름이 사방에 퍼져 있었다.

뒤에 있던 몸집 큰 미국인이 기침 소리를 냈다. 멈춰서 있었다는 사실을 깨달은 나는 서둘러 트랩을 내려왔다.

승객들이 줄지어 걸어간 곳에 게이트가 있었다. 게이트를 지나면 입출국 업무를 보는 건물이 나오겠지. 한데 그 앞쪽에도 빌딩이나 건물이 없었다. 게이트를 지나면 곧장 외부였다.

작은 매점과 레스토랑 같은 것만 보일 뿐, 공항이라고 부르기에는 너무나 초라한 풍경이었다. 일본이라면 하다못해 시골의 역이라도 이것저것 더 있었을 텐데. 당혹스러움을 감추지 못한 채, 뒤쪽 승객들에게 밀리듯 게이트를 빠져나왔다.

다행스럽게도 짐을 찾는 곳에는 지붕이 있었지만, 그곳을 들르지 않는다면 비행기에서 내려 그대로 밖으로 나갈 수도 있었다. 입국 수속은 호놀룰루 공항에서 마쳤기 때문에, 이곳 힐로 공항에서 따로 거쳐야 할 절차는 없었다. 알고는 있었지만, 뭔가 빠뜨린 것처럼 불안했다.

그러나 그 순간 깨달았다.

큰 건물이나 산도 없는 이곳에는 지면 끝까지 닿을 듯 펼쳐진 하늘이 있다는 것을.

일본에서는 지면 끝과 이어지는 하늘 같은 건 볼 수 없다. 가능하다면, 바다 건너 끝까지 펼쳐진 하늘이 있을 뿐. 그게 아니라면 하늘은 언제나 도중에 끊긴다.

하늘은 높은 곳에 있다고만 생각했었다. 그런데 지면에서 몇 센티미터 위, 그 사이를 가로막는 것이 없다면, 거기에 하늘이 있구나.

그런 생각을 하며 맡겨놓은 짐이 나오기를 기다렸다.

큰 짐은 아니었다. 낙하산 소재로 된 여행가방 안에는 티셔츠와 갈아입을 청바지, 그리고 속옷 몇 개가 들어있다. 귀중품과 노트북은 작은 배낭에 넣었고, 카메라는 고민 끝에 집에 두고 왔다. 그 외 필요한 게 생기면 여기에서 공수하면 되니까.

수화물 벨트 위로 다른 캐리어들과 섞여 나오는 내 가방이 보이자마자 집어 들었다.

젊은 일본인 여성이 거대한 캐리어를 들기 위해 낑낑대고 있었다. 다른 여행객들 것과 비교해도 눈에 띄게 커서 100리터는 들어갈 듯했다.

슬쩍 이쪽을 보는 눈이 도와달라는 눈치였지만, 왠지 엮이는 것이 귀찮았다. 턱이 뾰족하고 얼굴이 작은 귀여운 여성이었기 때문에, 몇 개월 전의 나였다면 분명 기쁘게 도와줬을 것이다.

매점 옆을 지나다 보니 냉장 쇼케이스 안에 플루메리아 레이가 식품처럼 진열되어 있었다. 판매하고 있다는 거겠지.

예전에 어딘가에서 본 영상에서는 하와이에 도착하는 여행객의 목에 현지인 여성이 이 화환을 걸어주고 있었다. 환영의 뜻을 나타내는 것이라고 들었다.

어쩐지 내 목에도 현지의 풍만한 미인이 화환을 걸어줄 것 같은 느낌이 들었다. 투어로 하와이를 방문했다면 그런 서비스를 받을 수 있었을지 모른다. 물론 투어 비용에 포함되어서. 그게 아니라면, 환영의 표식조차 쇼케이스에 진열된 제품을 돈 주고 사는 길밖에는 없다.

어쨌든 이 땅에 내린 지 아직 10분도 지나지 않았는데, 모든 풍경이 생각했던 것과 다른 현실에 당황스러웠다. 하와이에는 일본인이 넘쳐나고, 어디를 가든 일본어가 통한다고 들었는데, 일본인은 조금 밖에 없었다. 호놀룰루까지는 일본 국적 항공사를 이용했으므로 일본인이 많이 타고 있었다. 하지만 그들은 모두 호놀룰루에서 내려버린 듯했다.

힐로는 하와이에서 두 번째로 큰 마을이라고 들었다. 그런데 공항 주변에는 아무것도 없다.

그리고 무엇보다 하와이라고 하면, 작열하는 태양을 상상했다. 모든 색이 반짝거리고 맑게 빛날 것이라고 예상했다. 하지만 태양은 잿빛 구름에 가려 금방이라도 비가 내릴 것 같았다.

그럼 그렇지. 나는 실망감을 한마디로 정리했다.

실망은 어느 때보다 자연스럽게 스며들어서 오히려 애석하게 느껴질 정도였다. 여행의 설렘보다는 그쪽이 나에게 어울리기도 했다.

공항을 나와 주변을 둘러보았다. 체류할 호텔에서 마중을 나왔을 텐데. 비행기 도착 시각도 제대로 전달해 두었다.

그러나 여기는 남쪽 나라다. 일본과는 시간의 흐름이 다를지 모른다.

공항 앞이라고는 하지만, 손님을 기다리는 택시조차 거의 없었다. 상상했던 것보다 더 시골이었다. 이런 곳에서 3개월을 머무를 수 있을까.

예약 변경이 가능한 비싼 티켓을 살까 끝까지 고민했지만, 결국 저가판매 티켓을 구입했다. 가격 차이가 너무 큰 것도 이유 중 하나지만, 그 불편함이 오히려 맘 편하게 느껴지기도 했다.

기꺼이 섬에 유배되는 것이다. 시간이 길면, 뭔가 보이는 게 있겠지.

두리번거리고 있으려니 옆으로 하얀색 밴이 스윽, 도착했다. 차창유리가 내려지고 40대 정도인 일본인 여성이 얼굴을 내밀었다.

"기자키 군?"

"아, 네. 그렇습니다."

내 이름을 알고 있으니, 이 여성이 앞으로 체류할 호텔 쪽 사람이겠구나.

그가 뒤쪽 문을 열어주었으므로, 뒷좌석에 올라탔다. 자연스럽게 퍼머를 한 머리에 알이 큰 선글라스. 친구들 대화에서는 아줌마라고 불릴 듯한 외모였지만, 아줌마로 부르면 본인은 화를 내겠지.

일본인인 것은 한눈에 알 수 있었지만, 일본에 있는 동 세대 여성들과는 어딘가 달랐다. 미백 같은 것에는 관심도 없다는 듯, 까맣게 탄 얼굴에서는 옅게 기미가 보였다. 무엇보다 일본에서 동년배의 여성들이라면 이런 복장은 하지 않겠지.

상반신은 등 쪽이 크로스 된 캐미솔 한 장만 걸쳐서, 브래지어조차 하지 않았다는 것을 금세 알 수 있었다. 그리고 반바지에 비치 샌들. 말랐으며 가슴도 거의 없어서 야한 느낌은 없지만, 조금은 당혹스러웠다.

5개월 전까지 나는 초등학교 교사로 일하고 있었다. 동료 중에도 이 나이대 여성이 있었고, 학부모 중에서도 가장 많은 연배였다. 가정방문과 PTA 총회 등에서 만나는 사람들은 대체로 화장을 하고, 여름에도 스타킹을 신었다. 종종 러프하게 옷을 입은 사람이 있었지만, 그래도 티셔츠에 청바지였다.

이런 복장을 한 사람이 있다면, 아마도 이상한 눈으로 바라봤을 것이다.

내가 차에 탔는데도, 그녀는 차를 움직일 생각을 하지 않았다. 핸들에 팔을 올리고 공항 출구만 바라보고 있었다.

"왜 그러세요?"

"또 한 명이 같은 비행기로 도착할 예정인데…."

객실이 몇 개뿐인 작은 호텔이고, 장기체류자가 대부분이라고 해서 틀림없이 나 혼자이겠거니 생각했다.

그때 아까 수화물 벨트에서 본 여성이 자신의 몸집만한 캐리어를 질질 끌며 걸어오고 있었다. 누군가를 찾는 듯 여자가 주변을 둘러보았다. 어쩌면…, 하고 생각하는 순간 운전석의 여성이 창문을 열었다.

"구와시마 씨?"

그녀가 활짝 웃었다.

"호텔 피베리에서 오신 분인가요? 다행이다."

문을 열고 운전석에서 뛰쳐나간 여성은 캐리어를 받아 뒤쪽 트렁크에 실었다. 가느다란 어깨에 근육이 생겨났다.

차에 타려다 내가 있는 것을 발견한 구와시마라는 여성의 표정이 환해졌다. 다른 손님이 있을 거라고는 생각하지 않았겠지.

혼자라고 생각했는데, 동승자가 있다는 성가심은 아까 나도 느꼈다. 그런데 젊은 여성이 대놓고 저렇게 밝은 얼굴을 하니, 내 멋대로 작은 상처를 받았다. 이렇게 될 줄 알았더라면 아까 수화물을 내릴 때 도와줬을 텐데. 그랬다면 조금은 좋은 인상을 심어줬을 텐데.

그러잖아도 나는 머리를 금발로 염색한 상태라 빈말로라도 호감형 청년이라고는 말하기 곤란한 외모였다. 그녀는 내가 앉아 있는 곳이 아닌 앞쪽 좌석에 자리를 잡았다.

"기자키 준페이 군과 구와시마 나나오 씨. 나는 세오 가즈미라고 해요. 잘 부탁해요."

운전석의 그녀가 말했다.

구와시마의 머리카락에서 싱그러운 샴푸 냄새가 났다. 제대로 세팅되고, 품위가 없지 않을 정도로 염색한 머리였다.

"가즈미 씨는 호텔의…?"

구와시마는 대답을 가즈미 씨에게 맡긴다는 듯 애매하게 물었다.

"스태프예요. 두 사람 다 뭐든 물어봐요."

"잘 부탁드립니다."

구와시마는 명랑한 목소리로 대꾸했다. 아직 인사를 하지 않았다는 사실을 깨달은 나 역시 서둘러 꾸벅 머리를 숙여 인사했다. 가즈미 씨는 머리를 쓸어올리며 웃었다.

"저야말로 잘 부탁해요. 뭐 아무것도 없지만, 그래서 좋은 곳이에요."

그렇게 말하며 핸들을 꺾어 차를 유턴하던 그녀가 웃음을 머금은 말투로 계속했다.

"일본이라면 아무것도 하지 않고 있기도 어렵잖아요."

나에게 이 호텔을 알려준 사람은 스기시타라는 고등학교 때 친구였다. 그는 대학 시절에 해외여행에 빠져 취직은 하지 않고 여행만 다니고 있었다. 이삿짐센터 일이나 택배 기사 등 수입이 좋은 일을 2~3개월 해서 돈이 모이면, 그 돈으로 몇 개월 혹은 반년 정도 해외로 나가는 삶을 반복했다.

우리 둘은 성격은 정반대였지만, 어쩐지 죽이 잘 맞아서 스기시타가 일본에 돌아오면 늘 둘이 함께 마시며 놀곤 했다.

그날은 내가 직장을 그만두고, 4개월 정도 지났을 무렵이었다.

값싼 체인 꼬치집에 갔는데 전혀 재미있어 보이지 않는 미팅 그룹이 옆 테이블을 차지하고 있었다. 그 묵직하고 답답한 공기가 이쪽으로도 전해진 건지 우리 이야기도 여느 때처럼 흥이 나지 않았다. 닭꼬치를 이로 물어 빼던 스기시타가 돌연 말했다.

"너 말이야, 해외라도 다녀오면 어때?"

그때는 그가 자신의 취미를 강요하는 듯한 기분이 들었다.

"뭐? 싫어. 영어도 못 하고."

"못 하기는, 너 고등학교 다닐 때 성적 좋았잖아. 중학교부터 대학까지 10년이나 공부해 놓고는, 못 할 리가 없잖아."

"못 해. 연습문제는 풀어도 말은 못 해."

"연습문제를 풀 수 있다는 건, 어휘도 풍부하고 문법도 알고 있다는 거잖아. 다음은 익숙해지기만 하면 되는 거고."

평소 자신의 기호를 나에게 강요하는 일 없던 사내가, 웬일인지 집요하게 물고 늘어졌다. 아마도 나를 걱정해서였겠지.

신기했다. 지금까지는 내가 계속 스기시타를 걱정했었다. 지금 그렇게 살다가 여자친구와 결혼할 때는 어떻게 할 거냐, 막노동 같은 거 나이 먹으면 어렵지 않겠느냐, 잔소리를 늘어놓기도 했다.

그 구도가 역전되어, 그가 나를 걱정하는 일이 생길 줄은 생각지도 못했다.

학교를 그만둔 경위를 나는 그에게 말하지 않았다. 다만 일반적으로 교사는 학기 도중에 퇴직하지 않는다. 개인 사정으로 퇴직했다고 뭉뚱그렸지만, 무슨 일로 그만두었는지 친구도 짐작하고 있었을 것이다. 게다가 시간이 지나도 새 직장을 찾으려 하지 않고, 머리까지 금발로 염색했다. 금발인 채로 교사 채용이 될 리는 없었다.

머리를 염색함으로써 나는 교사로 재취직하지 않겠다는 의사를 분명히 표명한 셈이었다. 솔직히 말하면, 그냥 해보고 싶었다는 것 외에 아무런 이유도 없었지만 말이다. 미용실에 가서 농담처럼 "금발을 해보고 싶어요."라고 말하자마자 담당 미용사가 신나게 몰입해서 시작하는 바람에, 도중에 '그냥 안 할

래요.'라고 물릴 수도 없었다.

그럼에도 금발이 된 시점에는 묘한 해방감을 느낀 게 사실이다. 이제 가지고 있던 옷은 슈트를 포함해 아무것도 어울리지 않아서 새로운 옷을 사지 않으면 안 되었다.

주변 사람들의 반응이 변하는 것도 재미있었다. 전철 좌석도 항상 내 옆자리만 비고, 경찰들의 직무 질문도 종종 날아들었다. 고작 머리 색 하나로 이렇게까지 바뀔 일인가? 양처럼 온순한 인생을 살아온 나에게는 신기하고, 오히려 즐거웠다.

스기시타는 하이볼을 홀짝홀짝 마시면서 말했다.

"아깝잖아. 4개월 동안 아무것도 안 하고 있는 거 아냐?"

"책은 읽고 있어. 영화나 DVD도 보고. 그렇게 한가하지는 않다고."

호기롭게 내뱉은 말에 불과했다. 집에 처박혀 책만 읽는 건 정말로 책을 읽고 싶어서가 아니었다. 달리 할 일이 없었기 때문이다. 하루하루 헛되고 쓸모없이 보낸다는 생각을 하는 것이 무서워서, 쌓여 있던 책을 정리하고 있을 뿐이다.

"음, 강요하고 싶은 마음은 없지만 말이야…."

스기시타는 포기한 듯 중얼거렸다. 해외여행 같은 건 흥미가 없다고 잘라 말했지만, 웬일인지 신경이 쓰였다.

"쫄보라서 위험한 곳에 가고 싶지 않은 거라고. 불결한 곳도 싫고 말이야."

"안전하고 청결한 곳으로 가면 되잖아. 유럽 같은 데는 그다지 위험하지 않아. 아시아에 비하면 돈은 들지만."

"흠…."

유럽에 가서 딱히 보고 싶은 것도 없었다. 거리가 아름답고, 미술관에는 교과서에서 봤던 명화가 걸려있을 거라고 예상되지만, 영혼이 흔들릴 정도는 아니었다. 그 순간 스기시타의 눈동자가 빛났다.

"하와이는 어때?"

"하와이라고?"

불만 가득한 목소리를 내버린 데에는 이유가 있었다. 그때까지 내가 갖고 있던 하와이의 이미지는 단 하나, 설 연휴가 되면 유명 연예인이나 유행을 좇는 사람들이 대거 방문하는 섬이었다.

바다에서 헤엄치고 놀다가 명품을 싸게 산다. 일본인으로 넘쳐나고 어디에서든 일본어가 통하는 리조트. 그런 곳에 무슨 새로움이 있을까. 신혼여행으로 간다고 하면 몰라도, 나 홀로 그곳에 가서 무엇을 한단 말인가.

스기시타는 그런 나의 속내를 꿰뚫은 듯했다.

"야, 너 지금 하와이 무시하는 거지? 거기 의외로 좋다고."

"가족들이나 커플들만 가득하겠지. 더 싫어지려고 하네."

"호놀룰루는 그렇지. 근데 호놀룰루는 하와이 제도의 고작 일부분이야. 같은 오아후섬이라도 호놀룰루를 벗어나면, 일본인 가족 여행객들 모습은 거의 안 보여. 마우이나 하와이섬, 카우아이섬까지 가면 풍경이나 공기도 완전히 달라진다고."

나는 스기시타 역시 하와이를 무시하고 있다고 생각했다. 최근 그가 다녀온 곳만 해도 라오스와 부탄, 스리랑카처럼 메이저 관광지라고 할 수 없는 국가들뿐이었다. 생각이 거기에 미치자 피식 웃음이 나왔다.

"실은 나도 직접 가보기 전까지는 너처럼 생각했어. 한데 막상 가서 보니 신기한 섬이더라고. 사람들을 매료시키는 뭔가가 있거든. 작은 섬들인데 믿을 수 없을 정도로 다양한 얼굴을 가지고 있어."

"그래?"

"무엇보다 기후가 너무 좋아. 덥기는 하지만, 바람이 선선해. 사람들도 친절하고. 그야말로 일본어가 통하는 곳도 많아. 여행 스트레스는 거의 느끼지 못했어."

"그렇군."

유럽을 추천받았을 때는 미동도 없던 마음이 조금씩 들썩이는 것을 느꼈다. 유럽 사람들은 왠지 거리감이 있지만, 남쪽 섬 사람들은 따뜻할 것 같았다. 덩치가 크고 살집이 투실하며 언제나 밝을 것만 같았다.

그때가 10월경으로, 갑자기 쌀쌀해진 날씨도 영향을 미쳤을 것이다. 남쪽으로 가고 싶었다. 눈부실 만큼 작열하는 태양을 보고 싶었다.

"하와이섬에 갔을 때, 재미있는 호텔이 있었어."

그때는 몰랐지만, 하와이는 하와이 제도 안에서 가장 큰 섬이다. 하와이 제도 안에서 섬들을 구별하기 위해 지역 주민들은 이곳을 빅아일랜드라고 부른다.

“일본인이 경영하고 있는데 말이야, 장기체류자 할인이 있어서 그 섬에 오래 머물 예정이라면 다른 호텔에 묵는 것보다도 훨씬 저렴해. 마을에서는 조금 떨어져 있어서 불편하지만, 호텔 안에 풀장도 있고. 아무것도 하지 않고 뒹굴기에 최적의 장소지. 방은 전부 여섯 개 있었던 것 같아.”

“여섯 개? 너무 적은 거 아냐?”

“어쩌면 호텔이라기보다 B&B 게스트하우스라고 하는 게 맞을 듯하네. 그래도 방은 깨끗하고 식사도 맛있었어.”

나는 고개를 갸우뚱거렸다. 옆자리의 미팅 집단은 가라앉은 분위기 속에서 앉는 자리만 바꾸고 있었다.

“그렇게 좋은 호텔이고, 게다가 객실 수도 적다며? 예약이 어려운 거 아니야?”

“그게 그렇지 않더라고. 왜냐하면, 그 호텔에는 이상한 룰이 있거든.”

“룰?”

“그래. 그 호텔에 손님이 묵을 수 있는 건 단 한 번뿐. 재방문은 허용되지 않아.”

그 말을 듣고 살짝 놀랐다. 보통 그렇게 작은 호텔은 재방문객을 타깃으로 영업을 하는 게 정상이니까.

“왜? 이유가 뭐래?”

"오너가 말하기를, 단골손님끼리 친해지는 숙소의 공기가 싫다는 거야. 나도 백패커여서 어떤 느낌인지 알 것 같아. 장기체류자가 많은 저렴한 숙소는, 그 집단 안에서 주인 행세를 하는 존재가 꼭 있거든. 구속받기 싫어서 일본을 떠났는데 숙소에서까지 구속받는 느낌이 드는 건, 좀 아니잖아."

한 번도 일본을 나가본 적이 없는 나에게는 잘 이해되지 않는 말들이었다.

"원래 그 호텔 오너도 백패커였다고 해. 세계를 방랑하던 중 '너무 긴 여름 휴가는 사람의 마음을 좀먹는다'는 결론에 이르렀다고 했어."

가슴속에 아릿한 통증이 스쳤다. 그것은 나도 느껴온 감정이었다. 너무 긴 휴가는 분명 나의 영혼을 잠식하고 있었다. 앙금 같은 무언가가 가슴속에 쌓여가는데, 몸은 현실에 익숙해져서 아무것도 하기 싫다는 무력감이 스멀스멀 올라왔다.

"그래서, 그 숙소에는 처음 오는 손님만 묵을 수 있어. 가장 길게는 3개월. 미국에 비자 없이 체류할 수 있는 기간이 최장 3개월이니까."

스기시타는 조용히 고개를 가로저었다.

"그때는 별 생각 없이 일주일만 체류했었지. 항상 하나의 도시에서 일주일 정도만 머무르기로 했으니까. 지금 와서 후회해. 3개월간 그곳에 머물렀으면 어땠을까. 한 번 묵었으니 이제 나는 그곳에 갈 수도 없잖아."

스기시타가 그렇듯 후회스럽게 말하니 나는 더 궁금해졌다.

"그 호텔에 대해서 좀 더 말해주지 않을래?"

힐로는 순식간에 지나쳐 갔다. 하와이섬에서 두 번째로 큰 마을이라고 했는데, 이 정도로 작다고? 놀라울 따름이었다.

팜트리 가로수 너머 멀리 바다가 보이며, 남쪽 나라다운 풍경이 얼핏 눈에 들어왔다. 하늘에는 변함없이 옅게 구름 낀 채였다.

호텔 피베리는 힐로 마을에서 자동차로 20분 정도 거리라고 들었다. 차를 탄 지 몇 분밖에 지나지 않았는데, 구와시마는 벌써 가즈미 씨와 이야기꽃을 피우고 있었다.

"호텔에 묵는 사람은 일본인뿐인가요?"

"지금은 그래요. 가끔 중국과 한국 사람도 오지만…, 오너가 일본인이니까 아무래도 그렇게 되겠죠. 지금은 일본인 남자 셋. 오늘부터 여자가 온다고 했더니 난리가 났어요. 이상한 짓을 하는 사람은 없겠지만, 뭔가 불편한 일이 생기면 말해줘요."

"아니에요, 괜찮아요."

힐로 마을을 빠져나가고 잠시 후, 갑자기 태양이 밝아졌다. 나도 모르게 탄성을 질렀다.

"우와, 햇살이다."

가즈미 씨가 방긋 웃었다.

"하와이는 날씨 변화가 심해요. 비가 오다가도 갑자기 하늘이 개고, 그러다가 갑자기 비가 쏟아지기도 하고…. 비가 자주 오는 곳과 항상 맑은 곳이 있으니까, 드라이브하다 보면 비를 안 만날 수가 없어. 반드시 어딘가는 비가 오고 있거든요."

"그렇군요…."

거기서 화제를 이어가지 못하고 그냥 끄덕거리기만 했다.

"참, 자기들은 운전할 줄 알아요?"

가즈미 씨의 질문에 구와시마가 대답했다.

"네, 할 줄 알아요."

나는 우물거렸다. 면허는 있지만, 장롱면허다. 오랫동안 핸들을 잡아본 적이 없으므로, 운전을 할 수 있을지 없을지 나도 모른다.

그렇게 말하자 가즈미 씨가 힐끔 뒷좌석을 보았다.

"보시다시피 줄곧 일직선 도로. 신호도 거의 없고, 반대편 차량도 거의 없죠. 일본에서 운전하는 것에 비하면 훨씬 간단해요. 오랜만에 핸들을 잡는다고 해도 걱정 없어요. 무면허라면 안 되지만."

"그래도, 국제면허를 따오지 않았는데…."

내가 그렇게 말하니 이번에는 구와시마가 뒤를 돌아보며 끼어들었다.

"하와이에서는 일본 면허가 있으면 상관없다고 하던데요."

아무래도 그녀는 이것저것 조사를 많이 해온 듯했다. 여행에 익숙해서 그런 건가. 여성들은 이럴 때 남자들보다 꼼꼼하고 믿음직스럽다.

"하와이에서는 차가 없으면 옴짝달싹할 수 없어요. 버스가 아예 없는 것은 아니지만 하루에 두 대 정도뿐이니까."

나도 모르게 푭! 웃고 말았다. 도쿄에서 태어나 자란 나에게는 생각하기 힘든 세계였다.

"혹시 힐로에 나가려면, 내가 물건을 사러 가든가 우리 바깥양반이 아침에 힐로로 일 나갈 때 태워줄 수는 있어요. 귀가 시간도 거기에 맞춰서 돌아와야 하지만요."

말인즉, 가즈미 씨는 기혼자이고 남편은 힐로에서 일하고 있다는 의미였다.

"바깥양반요?"

구와시마가 고개를 갸우뚱거리며 그 단어를 되물었다.

"하하하, 젊은 사람은 그런 말 잘 모를 수도 있겠네. 남편 말이에요."

도로는 점차 산을 헤집으며 들어가는 느낌이었다. 급경사는 아니되 완만한 경사면이 이어지는 산길이었다.

"있잖아요. 남자들이 자기들의 파트너를 소개할 때, '집사람이' 같은 거친 표현을 하잖아. 그런데 여자들에게는 '남편'이나 '서방님' 같은 표현밖에 없어요. 그게 왠지 슬레이브Slave한 느낌이 들어서 싫더라고."

'슬레이브'라고 말할 때의 발음으로 미루어 가즈미 씨는 영어로 말하는 게 익숙한 사람인 듯했다. 내가 대화에 끼어들었다.

"집사람, 역시 원래는 존칭이에요."

"네?"

"어원을 두고는 이런저런 설이 있지만, '산의 신'에서 왔다는 설이 유력해요. 원래 일본에서 산의 신들은 여성이라고 하잖아요. '우리 산의 신들', 집을 지켜주는 사람이라는 비유적인 표현이라 할지라도, 남편이나 서방님처럼 존경을 담은 말이라고 생각해요."

"그런 거군요. 몰랐어요."

구와시마가 다시 뒤를 돌며 대답했고 나는 멋쩍게 웃었다.

이전의 나를 벗어던지겠다고 마음먹었는데, 조금만 방심해도 다시 드러나는구나. 머리 색이나 복장으로 주변 사람들의 눈을 속일 수는 있지만, 본색은 감추지 못하는구나.

"어머? 기자키 군은 박식한 사람이군요."

"우연히 알고 있었을 뿐입니다."

비루하게 겸손한 척을 했다. 나는 아직 예전의 나 자신을 있는 그대로 받아들이지 못하고 있구나. 그게 가능하다면, 과거의 나를 도려내고 싶은 심정이었다.

"도착했어요."

앞쪽으로 2층 건물이 보였다. 파란 지붕에 하얀색 벽, 발코니와 밖으로 난 계단은 보랏빛 도는 핑크. 귀여운 색감인데, 비바람으로 인해 색이 바래 있었다. 작은 풀장이 있고, 풀장 쪽에는 갑판의자가 줄지어 놓여있었다.

프런트 유리에 빗방울이 또로록 굴러떨어졌다. 정신을 차리고 나니 하늘이 어둑해져 있었다. 자동차는 집 앞에 세워졌다. 'Hotel Peaberry'라고 쓰인 하얀색 간판이, 도로를 향해 서 있었다.

차에서 내린 구와시마가 하늘을 올려다보면서 작은 소리로 말했다.

"하필 비가 오네요."

"여기는 비가 많이 와요. 그래서 작물들이 잘 자라지요."

가즈미 씨가 트렁크에서 구와시마의 거대한 캐리어를 내리면서 대꾸했다. 나도 차에서 내려 바깥 공기를 들이마셨다. 안개 같은 미세한 비였다. 맞는 것이 불쾌하지는 않았다.

호텔은 높은 언덕에 지어져 있었고, 저 아래쪽으로는 바다가 펼쳐졌다.

가즈미 씨는 구와시마의 캐리어를 호텔로 운반했다. 나는 내 백팩을 어깨에 걸쳐 멨다.

여기가 맘에 들지 않는 것은 아니었다. 쓸쓸한 것도, 불편한 것도 각오하고 왔다. 건물은 생각보다 느낌이 좋았고, 풍경도 아름다웠다. 그런데, 나는 혼란스러웠다.

스스로 원해서 여기까지 왔는데, 눈에 보이지 않는 무언가에 억지로 끌려온 것 같은 느낌을 지울 수가 없었다. 이것이 여행의 감상이란 걸까.

나에게 배당된 방은 2층 가장 끝방이었다.

객실이 여섯 개라고 해서 펜션 같은 구조를 상상했는데, 아파트처럼 바깥쪽 통로를 따라서 각 방의 문이 줄지어 있었다. 호텔 측면에 있는 계단을 통하면, 그대로 바깥으로 나갈 수 있는 구조라 프라이버시도 지킬 수 있었다. 아무도 만나지 않고 밖으로 나갈 수 있고, 방에 처박혀 있어도 아무도 모를 것 같았다.

한편 1층에는 조식 및 석식이 가능한 카페 같은 공간과 숙박객이 자유롭게 사용할 수 있는 공동 키친이 있었다. 가즈미 씨 이야기로는 이곳에 숙박객들이 모여 시간을 보낸다고 했다.

조식은 숙박요금에 포함되지만, 석식은 전날 예약하고 요금도 별도로 지불해야 했다. 물론 자취도 가능했다. 식재는 본인이 구입하는 걸 원칙으로 하되 구하기 힘든 것을 제외하고, 가즈미 씨에게 부탁하면 그녀가 사다 준다고 했다. 그러나 그날 오후 호텔에서 사람의 모습은 보이지 않았다.

가즈미 씨 말고 다른 스태프도 보이지 않고, 투숙객 같은 사람도 없었다. 갑자기 불안해졌다. 스기시타의 말을 믿고 와버리긴 했지만, 호텔 오너가 바뀌고 이전 같은 쾌적한 장소가 아니게 된 지 이미 오래되었을 가능성도 있었다.

그럼에도 오래된 건물과 시설들은 구석구석 깔끔하게 청소가 되어 있었다. 짐을 내려놓으려고 잠깐 올라갔던 방도 청결했다. 사람들이 있으면, 그들의 표정만으로 대충 분위기는 알 수 있을 텐데.

조심스럽게 물어보았다.

"아무도 안 보이네요?"

"오후에는요. 어딘가 관광을 가 있거나, 방에서 낮잠을 자고 있지 않을까요? 밤이 되면 만날 수 있을 거예요."

자동차는 투숙객용으로 두 대가 마련돼 있었다. 날짜를 정해 예약을 해두면 사용할 수 있다고 했다. 단, 여행자 보험에 가입한 사람만.

"그리고, 새들 로드Saddle Road는 절대로 달리지 말 것. 규칙이 있다면 오직 이거 하나죠."

"새들 로드요?"

"힐로에서 사우스코할라로 가는 200호선인데, 길이 좋지 않아서 사고가 많아요."

가즈미 씨는 허공에 손가락으로 하와이섬 모양을 그렸다.

"대부분의 길은 해안선을 따라 연결되는데, 새들 로드는 하와이섬을 일직선으로 가로지르는 길이에요. 편리하다고 보면 편리하지만…, 이곳 주민들 이외에는 너무 위험한 길이에요."

"알겠습니다."

장롱면허라서 운전에는 자신이 없었다. 오늘 지나온 공항에서 호텔까지처럼 단순하고 신호조차 거의 없는 길이라면 가능할지 모르겠지만, 일부러 위험한 길을 지나갈 생각은 추호도 없었다.

구와시마가 키친에서 창문 밖을 향해 사진을 찍고 있는 게 보였다. 아까 나도 그 창문으로 바깥을 바라봤다. 눈앞에 바다가 펼쳐져 있어서 기분이 좋아지는 풍경이었다. 느닷없이 가즈미 씨가 목소리를 낮춰서 말했다.

"기자키 군, 여자친구 있어?"

"아….?"

갑작스러운 질문에 나는 당황했다.

보통 여자들이 그런 질문을 해오면 나에게 호감을 보이는 건가, 하며 으쓱해진다. 하지만 가즈미 씨는 나이 차가 너무 많은 연상에다 기혼자였다. 단순한 호기심이겠지.

"여자친구가 있으면 여기서 3개월이나 혼자 머무르지는 않겠죠."

"꼭 그렇지는 않아요. 사귀는 중이라도 건조한 커플들은 얼마든지 있으니까."

가즈미 씨는 계속 셔터를 누르고 있는 구와시마 쪽을 힐끔 보았다.

"저 친구도 일본에 남자친구가 있다는 쪽에 한 표."

"그럴까요? 그녀도 여기서 3개월 머무르는 건가요?"

나라면 내 여친이 3개월이나 나와 떨어져 지낸다는 걸 상상할 수도 없었다. 일이나 유학 등 다른 중요한 목적이 있다면 모를까. 만약 그런 목적이었다면 이런 이상한 호텔에 머무르지도 않았겠지. 가즈미 씨는 입술에 손가락을 갖다 대며 속삭였다.

"근거는 없지만, 아줌마의 감이랄까."

어쩌면 상심 여행 쪽일 가능성이 크지 않을까 생각했지만 굳이 말하지 않기로 했다. 여성 심리를 헤아리는 건 나에게는 없는 능력이고, 아줌마의 감을 이길 수는 없을 터였다.

호텔 투숙객들과 만난 것은 저녁 시간이 되어서였다. 저녁은 7시부터라고 들었기 때문에 정각에 맞추어 아래로 내려가니 이미 구와시마를 포함해 세 명이 테이블에 앉아 있었다. 세 명 모두 캔맥주를 마시며 또띠아 칩을 안주로 먹고 있었다. 대머리에 피부를 검게 잘 태운 남자가 나를 보더니 손을 들었다.

"오, 너도 오늘부터?"

나이는 30대 정도에, 서핑이라도 하는 듯한 분위기였다. 나이가 조금 더 들어 보이는 또 한 명의 남자는 알로하 셔츠 차림이었지만, 슈트 입은 모습이 쉽게 상상됐다. 평균보다는 조금 잘생긴 남자, 그런 느낌의 성격 좋은 분위기였다.

"기자키라고 합니다. 잘 부탁합니다."

인사를 하며 맞은편 자리에 앉았다. 대머리 남자가 사키모리 마코토, 다른 한 명이 가모우 유지라고 했다. 그들은 곧바로 나에 대한 관심이 사라졌는지, 구와시마의 이야기에 집중하기 시작했다.

"아니 그런데 나나 짱은 어째서 이런 데까지 혼자 온 거야? 상심 여행?"

사키모리가 하는 말을 들으며 속으로 쓴웃음을 지었다. 만난 지 얼마 되지도 않았는데 나나 짱이라고 부르는 데다 대놓고 불량한 질문을 늘어놓다니. 나도 그런 남자로 태어나고 싶었다.

이런 경솔함은 결점이지만, 사람과 사람 간 울타리를 없애는 데에는 절대적인 효과를 발휘하곤 한다. 사실 구와시마는 아까 나와 이야기하던 모습과는 사뭇 다르게 즐거워하고 있었다.

"아니에요. 그렇지 않아요."

"그럼, 왜지?"

"하와이가 좋아서예요. 지금까지 여러 차례 왔는데, 이번에는 가능한 한 오래 머무르고 싶어서…."

"일은?"

사키모리는 계속해서 프라이버시를 건드리는 질문을 이어갔다. 가모우는 그렇게까지 뻔뻔하지는 않은 모양인지 그저 옆에서 싱글싱글 미소짓고 있을 뿐이었다.

"그만뒀어요. 안 그러면 3개월이나 머물 수 없으니까요."

그렇게 말하던 구와시마의 얼굴에 살짝 장난기가 서렸다.

"실은 내년에 결혼해요."

"아이고고고고."

사키모리가 오버하며 머리를 감쌌다.

"뭐야, 정말이야? 모처럼 한번 꼬셔 보려고 마음먹고 있었는데. 낭패군, 낭패야."

"후훗, 미안합니다. 그래도 기뻐요."

나는 두 사람의 대화를 감탄하며 듣고 있었다. 구와시마는 남자를 대하는 법을 잘 아는 것 같았다. 거절하면서도 상대방이 불쾌하지 않게 배려했다. 머리가 좋은 여성인 듯했다.

그러고 보니, 가즈미 씨의 감이 옳았다.

"장거리 연애여서 아무래도 제가 일을 그만두지 않으면 안 됐어요. 그래서 기왕 그만둘 거라면 결혼 전에 좋아하는 거 한 번 해보자 결심했죠. 좋아하는 하와이에서 가능한 한 오래 머무르기로 한 거죠. 여기를 거점으로 마우이, 카우아이에도 가 보려고 생각하고 있어요."

이야기를 나누는 동안, 가즈미 씨가 큰 접시를 들고 왔다. 주키니 호박과 닭고기를 볶은 듯했다. 그다음 미나리 수프와 차완에 담긴 하얀 쌀밥이 나와서 놀랐다. 일본 가정식도 아니고, 중화요리도 아니다. 심플하지만 친구네 집 저녁 식탁에 쳐들어간 듯, 그립고 훈훈한 메뉴였다.

나라는 인간은 배가 부르기만 하면 되는 편이다. 호화스럽지 않더라도 매일 식사를 준비해 주는 것만으로 감사하다. 남자들이 자신이 먹을 만큼 덜어서 먹기 시작했다. 미나리 수프를 한 입 넣으니, 혓바닥과 입안 전체가 맛있는 풍미로 가득 찼다. 소금으로만 간을 했다는데 미나리의 선연한 향 때문인지, 복잡한 어른의 맛이 되었다. 과하지 않은 적당함. 피곤해진 몸을 다독여주는 듯한 수프였다. 볶음 요리도, 산미를 살짝 낸 산뜻한 간으로 식욕을 불러일으켰다.

요리를 잘한다고 하기에는 너무나 손이 안 간 요리였고, 종류도 거의 없었다. 그럼에도 가즈미 씨가 만든 음식은 정말 맛있었다. 앞으로 식사에 질리는 일은 없을 것 같다. 더 화려한 음식이 먹고 싶으면 밖에 나가서 먹으면 되는 일이니까. 보리차가 든 저그를 가져온 가즈미 씨에게 말했다.

"정말 맛있습니다. 가즈미 씨는 요리를 잘하시는군요."

"대충대충 하는걸요. 아마 금세 질릴걸요?"

"아니에요, 가즈미 씨 요리는 너무 심플해서 절대로 질릴 새가 없지."

사키모리가 끼어들었다. 그렇게 말하면서 자신의 접시에 볶음 요리를 듬뿍 덜어 담았다.

"식사제공은 덤이라고요. 우리는 레스토랑이 아니니까."

가즈미 씨가 농담처럼 화난 척을 했다.

"정말이에요. 맛있어요. 이런 음식을 가볍게 만들어내는 사람, 진심으로 존경합니다. 저 같은 사람은 요리책을 봐야만 간신히 만들 수 있거든요."

그렇게 말하는 구와시마의 어깨를 가즈미 씨가 가볍게 두들겼다.

"그야, 젊으니까. 나이를 먹으면 싫어도 대충 만드는 방법을 익히게 되거든."

"맞아요. 맞아."

나는 젓가락질을 멈추고 주변을 둘러보았다. 역시나 가즈미 씨 외에 스태프 같은 사람은 없었다. 설마 그녀 혼자서 다 꾸리고 있는 것은 아니겠지? 아니면 객실이 여섯 개라서 혼자서도 충분한 걸까? 내친김에 물어보았다.

"다른 스태프 분은요?"

"나 말고는 우리 바깥양반. 이제 곧 돌아올 거예요."

"즉, 오너는 가즈미 씨 남편이신 거네요?"

"음. 그런 셈이지. 그렇지만 힐로에도 카페를 시작했으니까 여기만 하는 건 아니에요. 사실 우리 바깥양반은 건물 수리업이 주업이에요."

구와시마가 보리차를 모두의 잔에 따라 주었다.

"힘드시겠어요. 거의 혼자 하신다는 말 아닙니까."

"그러니까 적은 인원만 받는 거예요. 다른 호텔과 달라서 시트 세탁도 5일에 한 번이고, 청소도 매일 하는 건 아니니까."

그러고 보니, 아까 청소는 필요할 때 문에 표식을 걸어두면 된다고 했다. 그 이외에는 방에 들어가지 않는다고.

창으로 자동차의 라이트가 비쳐들었다. 자동차가 마당으로 들어온 모양이었다. 빈 접시를 정리하고 있던 가즈미 씨가 작게 말했다.

"아, 왔나 봐."

문이 열리고, 선글라스를 쓴 남성이 들어왔다. 키가 크고 나이는 가즈미 씨보다 조금 위로 보였다. 그가 인사도 하지 않고 우리가 앉아 있는 테이블 옆을 스쳐 지나갔다. 조금 무서워 보였다. 가즈미 씨는 그를 눈으로 보낸 뒤 말했다.

"미안해요. 인상이 나쁘죠?"

지금까지 한마디도 않던 가모우가 입을 열었다.

"아니요. 요스케 씨 인상은 나쁘지 않아요. 조금 살갑지 않을 뿐이지. 익숙해지면 의외로 편하게 말을 걸어주거든요."

"기술자라면 내가 이해하지, 영업이면서 저러니까 문제야. 좀 심해."

옆 방의 문이 닫히는 소리가 들렸다.

"그만큼 가즈미 씨가 커버해주고 계시잖아요."

구와시마의 말에 가즈미 씨가 고개를 끄덕였다.

"어쨌거나 신경 쓰지 마세요. 정말로 낯가림이 심한 거지, 나쁜 뜻은 전혀 없는 사람이에요."

나는 가모우 쪽을 보며 물었다.

"가모우 씨는 여기 오래 계셨어요?"

그는 눈코입이 얼굴 가운데로 모이듯 웃었다.

"길다고 해 봐야, 2개월 정도? 근데 앞으로 2주 정도면 쫓겨날 텐데, 뭐."

가즈미 씨를 향해 징징거리듯 그가 말했다.

"가모우 씨도 슬슬 일하러 가지 않으면 안 될 때가 다가오네요. 각오하고 있어야죠."

가즈미 씨가 웃으면서 말하고는 접시를 들고 키친으로 사라졌다. 그렇게 있다 보니 알게 되었다. 여기서는 가즈미 씨가 모두의 엄마 역할을 하고 있다는 사실을. 나이가 아니라 그녀의 성격 때문일 것이다. 편안함도 보태서.

불쑥 생각이 들었다. 너무 긴 여름 휴가는 사람의 마음을 좀 먹는다고 말한 건, 요스케라고 하는 가즈미 씨의 남편인가 아니면 가즈미 씨인가. 그들은 너무 긴 휴가에 마음이 무너져내린 적이 있었던 것일까.

식사가 끝난 뒤, 침대에 쓰러져 한참을 잠들어 있었다. 눈을 떴을 때는 이미 한밤중이었다. 이상하지도 않았다. 날짜변경선을 넘어 여기까지 왔다. 비행기 안에서 조금 졸기는 했지만, 오랫동안 깨어있었다. 손가락 끝까지 피곤이 찬 상태였다. 다만 기분 좋은 피곤함인 것은 분명했다.

직장을 그만둔 후로, 서 있을 수 없을 정도로 피곤한 일은 없었다. 몸이 피곤하지 않은 대신, 마음에 눅눅하고 끈적거리는 무언가가 감기며 축적되고 있었다. 신기하게도 몸이 피곤해진 만큼, 그 마음의 찌꺼기가 씻겨 나가는 듯한 느낌이 들었다. 잘 온 것 같다. 적어도 지금은 분명히 그렇다. 누구도 나의 과거에는 관심을 가지지 않았다. 왜 교사를 그만뒀는지 물어봤다면, 어떻게 대답해야 하나 고심했을 텐데. 어떻게 여기까지 오게 되었는지조차 묻는 사람이 없었다. 구와시마가 함께 오는 바람에 나에게 호기심을 보일 틈이 없었을 수도 있지만, 그러면 또 어때.

지금은 가능한 한 아무런 존재도 아닌 상태가 감사할 뿐이었다. 갑자기 생각이 났다. 오늘 저녁 식사 때 만난 건 사키모리와 가모우다. 그런데 가즈미 씨는 차 안에서 남자가 세 명이라고 했었다. 하기야, 저녁을 안 먹는 게 이상한 일은 아니지. 밖에서 먹고 왔을지도 모르고, 시간을 비켜서 혼자 만들어 먹었는지도 모른다. 숙소라고 하지만 여기는 유스호스텔도 아니고, 교류를 원치 않는 인간도 있을 수 있다. 혹은 단순히 외출했을 수도 있겠지.

창을 여니, 기분 좋은 바람이 불어왔다. 방에 냉방장치가 없다는 것이 처음에는 불안했지만, 이렇게 밤이 되니 이해할 수 있을 것 같았다. 냉방기 같은 건 불필요하다.

한밤중에 부는 바람은 오히려 쌀쌀할 정도였다. 일본의 여름은 밤이 되어도 열기가 남아 있는데, 이 섬의 더위는 태양이 떠 있는 동안만의 것이었다. 해가 지는 것과 동시에 지면도 공기도 식는다.

그나저나 너무 조용했다. 믿을 수 없을 정도로 조용했다. 야자수 나무를 흔드는 바람 소리 외에, 아무 소리도 나지 않았다. 밖은 어둠으로 가득하고, 소리 역시 어딘가를 틀어막아 버린 듯했다. 갑자기 물소리가 들렸다. 그리 큰 소리는 아니지만, 적막 속에서 분명히 들려왔다. 물소리는 계속되었다. 물을 치는 소리 같았다. 마치 헤엄치는 것 같은. 그러고 보니 호텔 옆에 작은 풀이 있던 게 생각났다. 누군가 이 시간에 풀장에서 수영을 하고 있다. 의아했지만 분명히 그렇게 생각할 수밖에 없는 소리였다.

어느새 말짱하게 잠이 깼다. 침대에서 일어나 조심스럽게 문을 열었다.

문밖을 나서다 깜짝 놀랐다. 분명 밤인데 밝았다. 물론 가로등 불빛으로 밝은 도쿄의 밤보다는 어두웠다. 하지만 여기엔 아무런 등도 없는데 밝았다.

하늘을 올려보고 알았다. 달빛이었다. 달이 바로 위에 떠 있었다. 보름달이었다. 손을 뻗으면 닿을 듯 하늘이 가까웠다.

나는 숨을 들이마시며, 하늘을 올려다보았다. 하와이는 별이 아름답다고 들었다. 여러 나라의 천문대가 마우나케아라는 산에 있고, 섬 전체에서 별을 관측하기 위해 가로등을 거의 켜지 않는다고 했다. 그런데 예상외로 별은 많이 보이지 않았다. 달빛 때문이었다. 달이 너무 밝아서, 별빛이 가려진 것이다.

멍하니 바라보고 있으려니, 아래에서 목소리가 들렸다.

"신입인가?"

내려다보니 풀장 안에서 제자리 헤엄을 치며 한 남자가 이쪽을 보고 있었다. 선명하게 보이지는 않았지만, 목소리의 울림만으로는 젊은 사람이었다. 아마도 나와 비슷한 연배 같았다.

이름을 말할까도 생각했지만, 얼굴조차 잘 안 보이는 거리에서 이름을 말한들 의미가 없을 듯했다. 일단 "네, 그렇습니다."라고 나는 대답했다. 그는 다시 수영을 시작했다. 다소 당혹스러운 마음으로 그를 내려다보았다. 그는 풀장 끝까지 헤엄쳐 가서는 가장자리로 올라가 몸의 물기를 닦았다. 마른 체형의 그림자가 달빛 탓에 길게 늘어졌다. 조용히 보기만 하는 것도 이상하다는 생각이 들어서 물어봤다.

"춥지 않나요?"

돌아온 대답은 심플했다.

"추워!"

물기를 다 닦은 그가 파카 같은 것을 걸치고 계단을 올라왔다. 얼굴이 보였다. 상상한 대로 나와 같은 연령대의 남자였다. 다소 긴 머리칼을 뒤로 묶고 있었다. 나는 웃었다.

"추운 걸 알면서도 수영을 한 거야?"

"살이 타는 게 싫거든."

"미백?"

놀리듯 말하자 그가 요란스러울 만큼 얼굴을 찡그렸다.

"햇볕에 타면 온몸이 아파져. 새빨갛게 돼서 이나바의 흰 토끼(일본 신화에 나오는 가죽이 벗겨진 토끼—옮긴이)처럼 되거든."

그제야 알았다. 가까이서 보니 그의 피부는 병적일 정도로 흰색이었다. 몸에는 적당히 근육이 붙어 있는데, 이렇게까지 피부가 하얗다면 진짜 힘들 수도 있을 듯했다. 그는 복도 난간에 몸을 걸치고 내 쪽을 바라보았다.

"앞으로 3개월 있을 건가?"

"아, 그럴 예정인데, 너는?"

그는 턱 주변에 손을 갖다 대고 숨을 뱉어내듯 웃었다.

"나는…, 앞으로 1개월 정도…?"

어쩐지 그의 말투에 조소가 섞인 듯한 느낌이었다. 그는 걸치고 있던 파카를 앞으로 여미고 몸을 부르르 떨었다. 입술이 하얬다.

"안 돼. 이렇게 오래 서 있으면 감기 걸려."

내 말을 들은 그가 자신의 방문을 열었다. 내 옆방이었다. 방으로 들어가기 전에, 그는 이쪽을 보고 웃었다.

"기대해도 좋아. 곧 재미있는 걸 보게 될 테니까."

"뭐라고?"

되물을 틈도 없이 문이 닫혔다. 이름을 물어보지도 못했다는 것을 그제야 알았다.

2장

불면으로 고생하는 건 일상다반사였다. 일을 그만둔 후, 숙면하는 밤이 오히려 이상할 정도였다. 다음날 낮에 별다른 일정이 없어서 늦은 밤까지 이리저리 무언가를 하다 보면 새벽까지 깨어있다가 잠들어 오후 늦게야 일어나곤 했다. 그리고 또 그날 밤에는 잠들지 못하는 식이었다. 어제도 비행 피로로 인해 애매한 시간에 숙면을 해버렸다. 한밤중 2~3시에 눈이 떠지는 것은 내게는 결코 생소한 일이 아니다. 그런데 이런 감각은 처음이었다. 보통 한밤중 나의 사고는, 잠과 꿈의 막간을, 곧 녹을 것 같은 얇은 얼음층을 아슬아슬하게 밟고 지나가는 위험한 순간들처럼 진행되었다. 바보 같은 생각들만 이어지고, 심지어 잊고 싶은 것들만 잔뜩 떠올라 혼란스러웠다.

그런데 지금 내 머리는 믿을 수 없을 정도로 맑아져서 어떤 난제에도 스마트하게 해답을 내놓을 수 있을 것만 같았다. 아마도 시차 덕에 충분히 잠을 잤기 때문이리라. 나는 핸드폰을 꺼냈다.

분명 해외에서도 사용할 수 있다고 했는데, 열어보니 안테나가 한 개도 서 있지 않았다. 완전 서비스권 밖이었다. 해외에서 핸드폰을 사용하기 위해서는 특별한 절차를 밟아야 했나, 아니면 그저 이곳이 너무 시골이라 전파가 닿지 않는 걸까? 스기시타에게 도착했다는 문자를 보낼까 잠시 생각했지만, 노트북을 연결한 후 메일을 보내기로 마음먹었다. 핸드폰을 침대 가에 던져놓고는 다시 누웠다.

아무리 시골이라고 해도 이곳은 일본인들이 가장 많이 방문하는 리조트일 뿐, 아프리카의 오지가 아니었다. 핸드폰 전파는 터지지 않더라도 힐로 공항에서 한 시간도 걸리지 않는 곳이다. 그 공항에서 비행기를 타면 50분. 기다리는 시간까지 포함해 세 시간이면 번화가에 도착할 수 있었다. 일본에서도 세 시간은 걸려야 도심에 닿는 마을은 얼마든지 있지 않은가. 일본을 떠나 일종의 모험을 하고 있다고 생각했지만, 결국 뜨뜻미지근한 탕 안에 있는 것과 다르지 않은 기분이었다. 그렇더라도 주변에 아무것도 없는 이 분위기는 도대체 뭘까.

불쾌함은 결코 아니었다. 고독은 언제나 지독하게 착하다. 특히 나처럼 나 자신이 싫은 인간에게는. 이처럼 편안한 고독감을 맛보기 위해, 스기시타는 항상 여행을 떠나는 걸까?

잠에서 깨어 맑아진 머리로 최근 반년간 내게 일어난 일들을 되뇌어볼까도 생각했지만 포기했다. 목이라도 매달고 싶어지면 본전도 못 찾을 테니까.

아직 어두운데 새 우는 소리가 들렸다. 잠시 꾸벅 졸았던 것 같다. 시계를 보니 6시 반이었다. 저녁을 마치자마자 침대에 고꾸라진 것을 생각하면, 중간에 몇 차례 깬 것을 감안하더라도 수면은 충분했다.

일어나서 베란다 창문을 열었다. 예상외로 차가운 바람이 불어와서 어깨가 저절로 움츠러들었다. 반팔 옷으로는 감기에 걸릴 것 같은 기온이었다.

항상 여름 기후인 섬이라고 멋대로 생각했기 때문에, 반팔 셔츠와 민소매 옷만 가져왔다. 2~3일 내로 어딘가에 가서 얇은 점퍼나 블루종 재킷이라도 조달하지 않으면 안 될 듯했다. 그럼에도 아침 공기는 맑아서 비강 저 안쪽이 기쁨에 찬 환호성을 질러댔다. 베란다에 나가 크게 심호흡을 했다. 동쪽에서 태양이 떠오르기 시작하고, 하늘이 보랏빛 그러데이션을 만들어냈다. 그 아름다움을 사진에 담으려 하니, 카메라를 일본에 두고 온 것이 생각났다. 아쉬움과 함께 모종의 상쾌함이 느껴졌다.

일본에서는 볼 수 없는 새벽 풍경인데, 남길 수가 없다니. 어쩔 수 없는 상황이지만 한편으로 자연스러운 일이었다. 카메라가 아니라 가슴에 새기면 되지, 같은 말을 하고 싶은 게 아니다. 나의 뇌 용량은 최신 디지털카메라 메모리에는 턱없이 못 미친다. 이 아름다운 하늘 역시 며칠 지나면 잊게 되겠지. 그래도 상관없었다.

베란다 난간에 빨간 작은 새가 날아와 앉았다.

작은 새는 목을 갸우뚱거리며 나를 바라보았다. 놀랐다. 다른 베란다에는 당연히 아무도 없었다. 커튼도 닫혀있었다. 이 새는 분명 내가 있어서 이쪽 베란다로 온 것이다.

이어서 갈색 참새를 닮은 새가 날아왔다. 귀여운 소리로 지저귀면서 베란다에 날아와 앉았다. 일본 공원에서는 작은 새가 내 주위로 오는 일이 있었던가.

동물을 좋아하는 사람도 아닌 데다, 그들이 나에게 달라붙는 일도 없었다. 만약 일본에서 똑같은 일이 일어났다면 아마도 내가 죽어서 천국에 와있는 건가, 생각했을지도 모른다.

작은 새는 베란다를 살짝 튕기듯 돌며 움직였다. 뭔가 받을 수 있기를 기대해서인 듯했다. 빵부스러기라도 주고 싶은 마음이었지만, 아쉽게도 지금 내가 가진 건 아무것도 없었다.

아무리 그래도 야생 조류가 이렇게 경계심을 갖고 있지 않다니, 신기하기 짝이 없는 일이었다. 일본과 대체 뭐가 다른 것일까.

아무것도 안 준다는 사실을 알아차린 걸까. 갈색 새가 먼저 날아가더니 이어서 빨간 새도 날아가 버렸다. 조금 슬펐지만,

조용히 떠나보냈다.

꽤나 추웠다. 팔에 닭살이 돋았다.

지난밤에 아무것도 하지 않고 침대에 누워 자버렸기 때문에, 짐 정리를 하려고 했다. 하지만 애초 가져온 짐이 거의 없었다. 세탁기는 있다고 들었기 때문에 티셔츠와 속옷 네다섯 장씩, 청바지는 바꿔 입을 것 하나와 입고 온 것뿐이었다.

신발은 가죽 샌들 하나와 비치 샌들뿐. 뭐, 고급 호텔의 레스토랑에서 식사할 것도 아니니까 말이다. 그리고 읽을거리 다섯 권. 활자가 고파질 게 분명했지만, 그렇다고 열 권이나 스무 권을 일본에서 가져올 일은 아니라고 생각했다. 옷을 옷장에 정리한 후, 책을 책상 위에 올려두었다. 낙하산 소재 가방은 내용물을 빼고 나니 바람 빠진 풍선처럼 되었다.

이번에는 배낭을 열어서 노트북을 꺼냈다. 콘센트는 일본과 같은 모양이니까 그대로 사용할 수 있을 것이다. 유선으로 인터넷을 사용할 수 있다고 들었는데, 어디에 모뎀이 있는지 모르겠다. 나중에 가즈미 씨에게 물어보기로 하고 충전만 해두었다. 그렇게 짐 정리도 순식간에 끝나버렸다.

어느새 안개 같은 고운 비가 내리기 시작하고 한층 쌀쌀해졌다. 정말 윗옷을 구하는 것이 첫 과제가 되겠구나.

달리 할 일이 있는 것도 아니니 오늘 당장 차를 빌리든가 가즈미 씨 남편 요스케 씨에게 힐로까지 태워달라고 해야 하나? 힐로까지 나가면 파카나 얇은 블루종 정도는 살 수 있겠지. 특별히 세련된 것을 찾을 필요도 없었다. 욕실에는 작은 비누가 하나 놓여있을 뿐이니, 샴푸나 린스도 사야 할 듯했다. 칫솔 세트는 가져왔는데, 여행용이라 치약이 작다. 3개월 버틸 수 없을 것 같으니 미리 사두는 편이 나을 터였다.

나는 메모지에 사야 할 것을 적기 시작했다. 간단한 짐으로 왔기 때문에, 필요한 물품은 앞으로 더 나올 것이다. 목이 마르기 시작해 자리에서 일어났다.

그러고 보니 1층 공동 키친에 커피메이커와 전기 포트가 있었다. 이미 7시를 지나고 있었고, 일어나도 이상할 시간은 아니었다. 밖으로 나오니 또다시 한기가 느껴졌다.

계단을 내려와 키친으로 이어지는 다이닝 문을 열었다. 문은 잠겨있지 않았다. 아직 조금은 어두웠기 때문에 불을 켜고 커피메이커를 확인했다.

다행히 커피메이커는 심플한 구조라 작동하는 게 어려워 보이지 않았다. 옆에 있는 캐니스터를 열어보니 분쇄된 원두도 들어있었다.

뜨거운 커피를 내려 마시고 있는데 안쪽으로 이어지는 문에서 차칵차칵, 소리가 났다. 문이 열리고, 어제보다 더 푸석푸석한 머리를 한 가즈미 씨가 들어왔다.

"일찍 일어났네요."

"시차 적응 중입니다."

탱크톱 위에 플란넬 남자 셔츠 같은 것을 걸친 가즈미 씨가 조리대 앞에 섰다.

"빵과 계란 먹지요?"

"먹어도 되나요?"

조식은 포함이라고 들었지만, 아직 아무도 일어나지 않았다.

"물론이지요. 어차피 요스케와 내 것 만들어야 해요."

"그럼, 저도 부탁드리겠습니다."

그녀는 서랍에서 둥그런 식빵을 꺼내 반으로 자른 뒤 오븐 토스터에 넣었다. 이후 베이컨을 철제 프라이팬에 넣더니 지글지글 기름이 나올 때 계란을 넣었다. 그러고는 재빨리 이를 포크로 모아서, 스크램블에그와 오믈렛의 중간 정도로 만들었다.

"저기요. 당장은 아니지만, 모뎀을 사용할 수 있을까요?"

가즈미 씨가 난처한 표정을 지었다.

"미안해요. 지난주에 회선을 강화하는 공사를 했는데, 결함이 있어서 지금은 인터넷을 쓸 수 없는 상태예요. 가능한 한 빨리 고쳐달라고 부탁을 하기는 했는데…."

"아…. 그럼, 괜찮습니다."

일본처럼 무슨 일이든 순조롭게 진행되지 않을 것이라는 사실이야 해외 경험이 없는 나에게도 예상 가능한 일이었다. 반드시 이메일을 보내야 하는 사람이 있는 것도 아니고, 마을까지 가면 프리 와이파이 존도 있을 터였다. 그녀는 이야기하면서 계란 요리를 접시에 옮겨 담았다. 호텔의 오믈렛처럼 정성을 다해 반숙으로 만드는 건 여기서 통하지 않는다는 게 확연히 드러났다. 그러나 살짝 태워진 베이컨과 노란색으로 부드럽게 익은 계란이 너무나 먹음직스러웠다.

그녀가 계란 접시를 내 앞에 놓았다.

"자, 드세요."

구워진 빵도 다른 접시에 담겨 버터와 함께 눈앞에 놓였다.

빵은 은은하게 단맛이 났다. 바게트나 캄파뉴처럼 단단한 유형의 유럽식 빵과는 정반대로, 부드럽고 하얀 빵이었다.

어릴 적 간식으로 이런 빵을 먹었던 기억이 떠올랐다. 씹는 것이 아니라 혀로 녹이면 사라지는. 정말로 옛 생각이 많이 나는 맛이었다. 계란에는 베이컨의 우마미가 스며있었다. 반숙은 아니지만, 너무 익은 것도 아닌 부드러움을 지키고 있었다. 날림 같고 대충 하는 것 같은 요리지만 정말 맛있었다. 어제 저녁 식사처럼.

가즈미 씨는 같은 프라이팬으로 또 베이컨과 계란을 굽고 있었다. 2인분 정도의 분량이었다. 그것을 접시에 담더니 안쪽으로 사라졌다. 요스케 씨가 있는 곳으로 가져간 듯했다. 곧바로 돌아와서 이번에는 커피를 내렸다.

"어제는 잘 잤나요?"

"네, 푹 잤습니다. 금세 눈이 떠졌지만."

그녀는 나에게 준 것과 같은 빵을 굽지 않은 채 손으로 뜯어서 씹으면서, 선 채로 커피를 마셨다.

"의외로 추운 것 같아요. 더 더울 줄 알았는데."

"모두 그렇게 말하더라고요."

그녀가 씨익 웃었다.

"세계에는 열세 개의 기후지대가 있는 거 알아요?"

"음…. 열대, 온대, 한대, 건조대 정도는 아는데…."

거기에 더해서, 아열대와 아한대가 있는 것은 안다. 그러나 다 합해도 아직 여섯 개이다.

"그 외에도 사막기후라든가 툰드라기후 같은 거. 그리고 하와이에는 그 열세 개 중 열한 개가 있거든요."

"네?"

나는 놀라서 그녀를 올려다봤다.

"한대와 사막과 툰드라도 이곳에 있다고요?"

"그래요. 빙설기후와 사바나 기후라는, 비가 적은 분류의 기후만 빼고."

가즈미 씨는 마치 자신의 일인 양 자랑스럽게 말을 이었다.

"이렇게 작은 섬인데, 뭐든 있다고요."

빅아일랜드라고 불리지만, 시코쿠보다도 훨씬 작은 섬이다. 그러니 세계를 기준으로 해서 정한 이름도 아니다. 그러나 이 작은 땅에 전 세계의 기후가 모여있었다.

방문 이후 예상을 뒤엎는 일투성이였지만, 생각했던 것 이상으로 이 섬은 여러 얼굴을 지닌 듯했다.

안쪽 문이 열리고, 선글라스를 쓴 요스케 씨가 나왔다. 그가 비워진 접시와 컵을 아무 말 없이 건넸다. 벌써 집을 나서려는 것인가. 나는 서둘러서 말했다.

"저…, 힐로 마을에서 쇼핑을 좀 하고 싶어요. 데려다주실 수 있나요?"

요스케 씨가 선글라스 너머로 나를 보았다. 그가 입을 떼기도 전에 가즈미 씨가 나섰다.

"오늘은 나도 쇼핑하러 나갈 거니까 내가 태워다 줄게요. 요스케는 오늘 빨리 나가야만 하고, 가게 오픈시간까지 기다리려면 한참 걸릴 거예요."

지금은 아침 8시였다. 슈퍼마켓이 열리려면 9시나 10시가 되어야 할 것이다.

"그럼, 다녀올게."

요스케 씨는 낮은 목소리로 그렇게 말하면서 문을 열고 나섰다. 정말 경이로울 정도의 무뚝뚝함이었다. 그는 결국 나에게 한마디 말도 건네지 않았다. 힐로까지는 20분 정도라고 했지만, 그와 단둘이서 가는 것보다는 가즈미 씨와 함께 가는 쪽이 훨씬 마음 편할 듯했다. 가즈미 씨는 시계를 보았다.

"11시쯤에 나갈까요? 괜찮아요?"

"네. 상관없습니다. 오늘은 온종일 한가하니까요."

오늘뿐만 아니라 앞으로 3개월 내내 한가할 예정이었다. 섬을 관광하고, 와이키키 주변에도 가게 되겠지. 그렇다고 하더라도 시간은 넘칠 정도로 방대하게 쌓여있었다. 쪽잠을 잔 탓인지, 식사를 마치니 눈꺼풀이 다시 무거워졌다. 나는 의자에서 일어났다.

"그러면 저는 11시경에 다시 내려오겠습니다."

11시가 되기 전에 1층으로 내려와 보니 구와시마가 거기에 있었다.

"기자키 씨, 쇼핑하러 가신다면서요. 저도 같이 가려고요."

"그러시군요."

예쁜 여성이 함께한다는 사실이 기쁘기도 하고, 한편으로 귀찮은 듯 복잡한 감정이 들었다. 이럴 때 솔직하게 기뻐할 수 있는 인간이라면 참 좋을 텐데….

바로 안쪽에서 가즈미 씨가 나왔다.

머스터드색 탱크톱과 카키색 반바지, 발아래는 비치 샌들이었다. 구와시마는 하반신은 청바지인데 웃옷은 긴 팔 블라우스를 입고, 챙이 넓은 모자를 쓰고 있었다. 그 차림만으로도 살이 타는 것을 싫어한다는 사실을 금방 알 수 있었다. 분명 구와시마의 피부는 한없이 하얗고, 잡티 하나 없었다. 그것을 지키고 싶은 마음은 남자인 나조차도 알 것 같다. 가즈미 씨는 오래전부터 그런 것에는 신경 쓰지 않았는지 아니면 처음에는 구와시마처럼 피부를 보호했지만, 어쩌다 보니 지금처럼 아무렴 어때 하는 상황이 되어 버린 것인지 알 수 없었다. 어젯밤 풀장에서 헤엄치던 남자가 떠올랐다. 그도 낮에는 긴 팔 셔츠와 모자로 피부를 지키고 있을까. 나는 선크림도 바르지 않았다.

"많이 기다렸죠? 가시죠."

가즈미 씨가 말하며 밖으로 나갔다. 현관문 열쇠는 잠그지 않은 채로. 어제 타고 온 미니밴에 올라탔다. 나는 망설이며 가장 뒤쪽 좌석에 가 앉았다. 구와시마는 나의 앞쪽 열에 앉았다.

"쇼핑은 힐로로 가는 건가요?"

구와시마의 질문에 가즈미 씨가 차 시동을 걸며 대답했다.

"네. 힐로에는 큰 마트가 있어요. 뭐 크다고 해봐야 거기서 거기지만."

과연 이 시간이 되니 햇살이 강렬하다. 맑은 하늘, 내가 상상하던 하와이에 가까워졌다. 구와시마는 창밖을 바라보면서 신이 난 듯 말했다.

"샴푸와 세안제 사야겠다. 그리고 비치 샌들도."

"세안제 같은 거 일본에서 안 가져왔어요?"

창을 열어 바람을 맞으며 가즈미 씨가 물었다.

"저는 피부가 좋은 편이라 그다지 신경 쓰지 않아요. 그리고 여행지에서 사서 쓰는 것도 즐거움 중 하나고요."

"맞아, 그 마음은 나도 알지. 나도 일본에 가면 여러 가지 사들이거든."

"여행에 익숙한 사람 같아요. 여행 좋아하세요?"

큰맘 먹고 구와시마에게 말을 건네니, 그녀는 쑥스러운 듯 어깨를 움츠리며 대답했다.

"꼭 그렇지는 않아요. 하와이가 좋은 것뿐이고, 유럽이나 다른 나라는 가본 적이 없어요. 기자키 씨야말로, 여기저기 가본 거 아니에요? 그런 느낌이 들어요."

금발인 탓일까. 사회에 적응하지 못하는 아웃사이더처럼 보이는 건지도 모른다. 나는 쓴웃음을 지었다.

"아뇨, 나는 이번이 처음이에요."

"네?"

구와시마가 과장되게 놀라워했다.

"그렇게 안 보였어요. 어딘가 차분한 느낌이었고…."

운적석의 가즈미 씨도 슬쩍 뒤돌아보며 끼어들었다.

"처음 하는 해외여행에서 이쪽으로 오는 사람도 드문데."

"그러니까요."

그렇지. 처음 떠나는 해외여행이라면 그야말로 와이키키의 큰 호텔에 묵는 게 일반적일 터이다. 그러나 여행이라면 굳이 떠나지 않아도 된다. 나는 지루함과 고독의 중간쯤 어딘가에 빠져 있으려고 여기에 왔다. 나 자신의 이야기를 하는 것이 싫어서 화제를 바꿨다.

"그러고 보니, 어젯밤 늦게 또 한 명의 남자를 만났어요. 저하고 비슷한 또래였는데."

뒤에서도 가즈미 씨가 웃고 있는 것을 알 수 있었다.

"어머, 빨리 만났네요. 아오야기 군 말이죠?"

"이름은 못 들었지만, 하얀 피부의…."

"맞아요, 아오야기 군."

구와시마가 끼어들며 물었다.

"저는 아직 만나지 못했어요. 어떤 분인가요?"

"어떤 사람이라고 말할 수 있을 정도로 깊은 대화를 나눈 것은 아니에요."

가즈미 씨가 대신 대답했다.

"독특한 사람이에요. 낮에는 거의 잠을 자고, 저녁에 오토바이를 타고 여기저기 다니는 것 같아요."

"오토바이라면 본인 건가요?"

"그게, 중고로 산 것 같아요. 귀국할 때 팔고 가려는 듯하고. 팔리지 않으면 우리 집에 두고 간다고 했어요."

"밤에만 활동하니까, 꼭 드라큘라 비슷한 존재 같네요."

그렇게 말하며 재밌다는 듯이 구와시마가 웃었다.

"외모도 좀 그런 느낌이고, 그쵸?"

가즈미 씨의 말에 나도 끄덕였다. 생각해보면 그 하얀 피부의 용모는 사람이 아닌 무언가를 연상시킨다. 갑자기 어둠 속에서 만났다면 나도 놀랐을 것이다.

"정말요? 만나보고 싶네요."

"조만간 만나겠죠."

힐로 마을에 들어서니 바로 마트 같은 건물이 나타났다. '그렇게 크지는 않다'라고 가즈미 씨는 말했지만, 일본인 감각으로 보면 꽤나 큰 편이었다. 주차장도 광활하다고 여겨질 정도로 넓었다. 가즈미 씨는 주차를 하면서 말했다.

"쇼핑은 얼마나 걸릴 것 같아요? 30분 정도?"

"음…. 조금 더 필요할 것 같은데요."

그렇게 말하는 구와시마에게 놀랐다. 내게는 30분도 너무 길었다.

"그럼 한 시간으로 하죠. 커피숍이 있으니까, 거기서 커피 마시고 있을게요."

입구에서 우리는 흩어졌다. 식품과 일용잡화뿐만 아니라 공구들과 서핑보드까지 팔고 있었다. 여기에 오면 거의 모든 일상용품을 구할 수 있을 듯했다. 역시 여기는 미국이구나, 싶었다. 일본에도 큰 쇼핑몰은 늘었지만, 막상 들어가 보면 작은 매장들이 모여있는 구조였다.

이곳은 마치 체육관 안에 상품들이 진열돼있는 것 같았다. 샴푸와 린스, 그리고 혹시 모르니 선크림 등을 대충 골라서 쇼핑바구니에 넣고, 의류 코너로 향했다.

디자인은 촌스럽지만 가격은 매우 쌌다. 파카 한 장과 긴 소매 티셔츠를 두 장 사기로 했다. 둘러보니 블루종뿐만 아니라 스키웨어 같은 방한 의류까지 있었다. 이걸로 쇼핑은 끝났다. 커피숍에 가면 가즈미 씨가 있을지 모르지만, 어쩐지 바로 가고 싶지는 않았다. 어슬렁거리며 걸어 다니는데 커피우유 같은 병에 든 커피가 보여서 그것도 쇼핑바구니에 넣었다.

계산대에서는 조금 긴장했지만, 별 문제는 없었다. 숫자 정도 영어는 알아들었고, 그 이외의 대화는 필요 없었다. 나는 밖으로 나가서, 넓은 주차장을 바라보며 병에 든 커피를 마셨다. 커피는 설탕을 한 통은 부어 넣은 것처럼 달았다.

쇼핑이 끝난 후, 힐로 마을에서 점심을 먹기로 했다. 가즈미 씨가 데려간 곳은 바닷가에 있는 카페 같은 곳이었다. 점심시간임에도 사람은 많지 않았다. 테라스 쪽 테이블에 자리를 잡았다. 구와시마는 팬케이크를 주문했고, 나와 가즈미 씨는 클럽하우스 샌드위치를 주문했다. 머그잔에 넘칠 듯 담긴 커피는 짙은 향이 피어올랐고 맛있었다.

정수리 위까지 떠오른 태양은 토치로 뜨거움을 피워내는 듯했지만, 그늘로 들어가면 곧바로 선선해졌다. 일본 여름의 그것과는 사뭇 달랐다.

습기가 없는 것은 아니었다. 오히려 상상했던 것보다 습기가 많았다. 그러나 기분 나쁘게 찌는 더위는 아니며, 피부에 닿는 온도 역시 그다지 높지는 않았다.

서빙된 샌드위치는 살짝 멈칫할 만큼 거대했다. 게다가 거기에 감자튀김이 산더미처럼 곁들여져 있었다. 아무리 생각해도 다 먹을 수 없어 보였다.

구와시마의 팬케이크 역시 접시를 가득 채울 만큼 큰 사이즈로 세 장이나 겹쳐져 있고, 머그잔 같은 용기에 메이플 시럽이 가득 들어있었다. 익숙한 듯 구와시마는 팬케이크에 시럽을 듬뿍 뿌렸다. 나도 모르게 말이 흘러나왔다.

"여기 사람들이 일본에 와서 팬케이크를 시키면 정말 놀라겠는걸요?"

구와시마가 키득거렸다.

"크기야 뭐 그렇다 해도, 그 엄지손가락 끝부분처럼 생긴 용기에 든 시럽을 보면 정말 깜짝 놀랄걸요."

그 작은 스테인리스 용기가 1인분이라면, 지금 구와시마 앞에 있는 시럽 용기는 20인분 정도는 되어 보인다. 미국이어서 스케일이 큰 건지, 아니면 일본이 쪼잔한 건지. 그런 생각을 하고 있는데 구와시마가 불쑥 물었다.

"기자키 군은 일본에서 뭐 했어요?"

너무 갑자기 훅 들어와서 당황했다. 굳어진 얼굴을 억지로 펴며 얼버무렸다.

"아, 아무것도. 빈둥빈둥 놀았어요."

"으음."

구와시마의 눈에 실망한 빛이 역력하게 드러나자 나는 서둘러 다시 대답했다.

"이전에는 초등학교 교사를 했어요. 그만두고 나서 이제는 뭘 해야 하나 고민하는 중이고요."

"학교 선생님이었다고요? 의왼데."

놀람과 안도를 드러내는 구와시마의 얼굴을 보면서, 나는 강한 자기 혐오를 느꼈다. 말하지 않기로 다짐했건만, 왜 내 입으로 지껄이고 있는 걸까. 가즈미 씨가 손에 묻은 마요네즈를 냅

킨으로 닦으면서 말했다.

"그러니까 디자이너나 미용사, 뭐 그런 일을 할 것 같았거든. 패션 감각이 있어 보이잖아."

"아뇨. 패션 감각 같은 거 젬병이에요. 옷도 대충 입고요."

그저 머리를 금발로 염색했을 뿐이다.

"나도요! 나도 그렇게 생각했어요."

구와시마가 해맑게 소리를 높였다.

"그래도 많이 아는 것 같고…. 뭐, 선생님이라고 해도 납득이 가네요."

"아니요. 이제는 교사도 아니고…."

그만했으면 하면서도 왠지 불쾌하다는 생각은 들지 않았다. 숨기고 싶었는데, 발설하고 만 것은 내 입이었다. 그들은 내 전 직장까지 파헤치고자 했던 것이 아니었는데. 적당히 흘려보냈다면, 그 이상 캐묻지 않았을 텐데 말이다.

'무직'이라고 말한 순간 실망스러워하던 구와시마의 표정이 내 입을 열게 했다. 직업도 없는 무능한 인간으로 비추어지는 게 싫었던 거다. 그녀는 예쁘고 매력적이지만, 그렇다고 특별히 끌렸던 것은 아니다. 결혼까지 예정된 그녀에게 잘 보일 필요도 없었다. 그럼에도 나는 이미 알고 있었다. 교사라고 자기소개를 할 때, 여자들의 경계심이 풀린다는 것을. 존경까지는 아니더라도, 적어도 나쁜 짓은 안 하는 인간이라 믿는다는 것을.

특히 나이가 많은 사람들은 교사라는 이유만으로 제대로 된 젊은이라고 규정하곤 했다. 늦은 밤 자전거를 타고 가다가 검문당할 때, 교사라고 말하면 간단히 통과됐다.

세상에는 교사와 경찰관의 악행이 넘쳐나는데도, 사람들은 상대의 직업으로 판단해 버리는 실수를 멈추지 않는다. 무직이라고 말했을 때, 구와시마의 얼굴 표정이 이를 반증했다. 바보 같은 기준이지만, 과거의 명함을 제 입으로 떠들고 다니는 내가 제일 바보였다.

구와시마는 교토에서 도서관 사서로 일했다고 한다. 고등학교 때 동급생과 계속 사귀다가 그대로 결혼을 결심했다. 그러나 약혼을 한 직후 남친은 도쿄로 전근을 가게 되었다.

"사서 일을 계속하고 싶었는데, 어쩔 수 없을 것 같아요. 그 사람에게 일을 그만두고 교토로 돌아오라고 하는 건 어렵고, 내가 도쿄로 가는 수밖에 없죠. 한 번 그만두면 재취직이 어렵지만요"

푸념하듯 구와시마가 가즈미 씨에게 말했다. 재취직이 어려운 것은 교사도 마찬가지지만, 나는 이제 교사로 돌아갈 생각은 없다. 그럼 난 뭘 할 생각인 거지? 뭘 할 수 있을까? 몇 번을 반복했는지 닳고 닳은 질문이 귓전에서 울려 퍼졌다.

아무것도 할 수 없다. 아무것도.

학원 강사 정도는 할 수 있겠지만, 가능하면 아이들과 관련

된 일은 하고 싶지 않았다. 불현듯 어떤 얼굴이 떠올랐다.

매끄럽고 찰랑거리는 짧은 머리카락과 큰 눈동자, 살짝 토라진 듯 꼭 다문 입술. 그 얼굴을 애써 뿌리쳤다. 잊지 않으면 안 된다. 구와시마가 이야기를 이어갔다.

"사실 나와 남친의 급여도 그렇게 큰 차이가 안 난다고요. 물론 그렇다고 내가 그에게 '일 그만둬.'라고 말할 권리가 없다는 것 정도는 알아요. 하지만 내가 일을 그만두는 게 당연하다고 생각하는 것이 납득이 안 된다고나 할까. 이상하지 않아요? 앞으로 함께 가야 할 우리 인생인데, 둘이 함께 논의한 것도 아니고 너무나 당연하다는 듯 내가 일을 그만두는 쪽으로 결론을 내버리는 것 말이에요."

아무래도 구와시마에게는 '결혼 전 자유롭게 나 홀로 떠나는 마지막 여행'인 것 같았다.

"게다가 사서를 그만둔 나를 남친이 먹여 살리겠다는 의지도 없는 듯하고…. 너무나도 태연하게 '혼자 수입으로 생활하는 것은 힘드니까, 빨리 일을 찾아 봐.'라고 말하는 거예요."

튀긴 감자를 입으로 가져가면서 가즈미 씨가 대답했다.

"그래도 여자들에게 집에 계속 있으라고 하면, 그 말 역시 싫겠죠?"

"싫죠. 그런 남자라면 처음부터 결혼 생각도 안 할 거예요."

그렇게 단호하게 말하더니, 구와시마는 팬케이크를 썰었다. 팬케이크 테두리 부분은 시럽이 듬뿍 적셔져 축축해져 있었다.

"하지만 남자든 여자든 대등하다고 입으로는 말하면서, 당연히 내가 그만두는 쪽으로 이야기를 이끌어가는 태도는 잘못된 거잖아요."

그렇게 말하고는 한숨을 길게 내뱉었다.

"아 참, 그렇다고 그가 그만두는 게 맞다고 주장하는 것은 아니에요. 전근 가게 된 것이 그의 탓도 아니고, 뒷일을 생각해도 내가 그만두는 편이 낫다는 것쯤은 저도 알아요."

그러면 된 거 아닌가, 말하고 싶었지만 그녀의 마음속에는 아직 무언가 해결되지 않은 문제가 있는 듯했다. 그녀는 커피를 한 모금 마시더니, 어깨를 들썩이며 웃었다.

"미안해요. 제 푸념을 하고 있네요."

"괜찮아요. 그 마음 잘 알 것 같아. 나도 개운치 않은걸, 뭐."

"미국에서는 그런 일 없겠죠?"

구와시마가 그렇게 물으니, 가즈미 씨가 손을 크게 내저으며 대답했다.

"뭔 소리를 하는 거야. 도시는 어떤지 모르겠는데 미국의 시골 사람들에게는 여전히 아주 권위적인 가치관이 깔려있다고. 물론 하와이도 마찬가지고."

"정말요? 이거 실망인데요."

선명하고 샛노란 파인애플 주스를 손에 들고 가즈미 씨가 고개를 주억거렸다.

"우리야 외부인이니까 그다지 이곳 규범에 구애받지 않지만,

여기 젊은이들에게는 오래된 가치관과 충돌하는 생활이 쉽지만은 않을 거야."

"그렇군요…. 언제가 그린카드를 받아서 이주하는 게 내 꿈이었는데…."

구와시마는 그런 말을 했다.

"물론, 여기는 좋은 곳이죠. 기후도 좋고, 별도 예쁘고, 바다도 가까이에 있고. 그러나 하와이는 미국 안에서도 가난한 주 중의 하나이니까, 일부러 여기에 온 사람들이 아니라면 힘든 면은 있다고 생각해."

이 섬에 온 지 고작 하루, 나는 아직 아무것도 보지 못했다. 아름다운 곳인지도, 살아가기 힘든 곳인지도 아직 모른다. 가즈미 씨가 피식 웃었다.

"나도 좋아서 여기 있는 거야. 일본에 돌아가고 싶은 생각은 없고, 그렇다고 여기에 뼈를 묻을 생각도 없고."

"영주권은 받은 거지요?"

"응. 우리 바깥양반이. 결혼하면서 나도 자연스럽게 영주권자가 된 거지."

그린카드는 매년 희망자가 증가해서 취득이 어렵다고 들었다. 식사를 마치고 호텔로 돌아가기로 했다. 차로 돌아가면서 구와시마가 속삭이듯 내게 말했다.

"가즈미 씨, 정말 멋진 여성 같아요."

"아, 네."

나도 맞장구를 쳤다. 성격 좋고 친절하고 기댈 수 있는 사람인 그녀가 있어서 호텔 분위기가 좋아진 것은 사실이었다. 그러나 솔직히 한 명의 여자로 보면, 매력은 거의 느껴지지 않았다. 그저 그런 깡마른 아줌마. 40대 남자가 되면 보는 감각도 변할지 모르겠지만, 지금은 전혀 모르겠다.

호텔에 돌아오니 1층 다이닝 테이블에서 사키모리와 가모우가 커피를 마시고 있었다. 나는 가즈미 씨의 짐을 들고 키친으로 향했다. 사키모리와 구와시마의 대화가 들려왔다.

"지금 킬라우에아 화산 보러 갈래?"

"네, 좋아요. 가고 싶어요."

세계자연유산에도 등재된 활화산으로, 화구 부근까지 접근해서 볼 수 있다고 가이드북에 실려있었다. 어제의 긴 비행시간과 시차 때문에 피곤함이 느껴졌다. 오후부터는 방에서 쉬어야지 생각하고 있는데, 사키모리가 내 쪽을 보고 말했다.

"기자키 군도 함께 안 갈래?"

"저, 저 말인가요?"

구와시마하고 함께 가려는 줄 알았다.

"그래. 여기서 한 시간 정도 걸릴 거야. 본 적 없잖아?"

"네, 하와이는 처음이니까요."

잠깐 생각했다. 아직 자동차 운전은 자신이 없다. 대중교통이 적은 이 섬에서는 누군가 운전을 해서 데려다주지 않으면,

관광지를 돌아볼 기회가 없다. 피로감은 있었지만, 내일 쉬면 되지 않을까.

"가겠습니다. 방해가 안 된다면 저도 데려가 주세요."

"오케이. 그럼 갑시다."

냉장고에 우유를 넣으면서 가즈미 씨가 말했다.

"반팔로 가면 추워요. 웃옷 챙겨입고 가는 게 좋아요."

"그럼, 저 사 온 거 올려두고 오겠습니다."

나는 그렇게 말하고 2층 내 방으로 갔다. 일본의 그것보다도 얇고 금방 찢어질 듯한 마트의 비닐봉지를 책상 위에 두고, 파카만 꺼내서 가격표를 뜯었다.

비치 샌들을 벗고 일반 샌들로 갈아신었다. 배낭을 메고 계단을 내려가니, 하얀 차 앞에 사키모리와 가모우가 기다리고 있었다. 구와시마는 아직이었다.

"여자는 준비하는 데 시간이 걸리니까."

내가 오는 것을 본 가모우가 말하면서 한쪽 눈을 감았다.

작은 보냉상자를 든 가즈미 씨가 안쪽에서 나왔다.

"이거, 시원한 미네랄워터하고 주스 넣었으니까 가져가요."

"오오, 감사합니다."

사키모리가 보냉상자를 받아서 뒷좌석에 두었다. 곧바로 구와시마가 내려왔다. 여성 준비시간치고는 빠른 편이라고 할 수 있을 것 같았다. 가모우가 운전석에 앉았고, 당연하다는 듯 사키모리가 조수석에 탔다. 자연스럽게 구와시마와 나는 뒷좌석에 나란히 앉게 되었다. 그녀와의 거리가 조금 가까워졌다고 하지만, 아직은 좀 어색했다. 불편하게 생각하고 있지는 않을까, 내심 걱정스러웠다.

구와시마가 상의를 걸치면서 물었다.

“지금부터 가면, 화구를 보기에는 좀 이르진 않나요?”

내가 신기해하는 얼굴로 보고 있었던 모양이다. 그녀가 바로 질문에 해석을 달아주었다.

“있잖아요, 어두워져야 화구에서 용암이 붉게 흘러나오는 게 잘 보일 거 아니에요. 밝으면 붉은빛은 잘 안 보이고 연기만 날 테니까.”

아하, 하고 수긍하는 나를 보더니 사키모리가 웃었다.

“연기가 나는 모습을 볼 거면, 벳푸 온천에 가면 되잖아.”

“기왕이면 체인 오브 크레이터스 로드 쪽으로도 드라이브하려고 생각했거든. 지금 용암이 바다로 흘러내리고 있어서, 꽤 절경이라고 하더군.”

가모우의 말에 구와시마가 눈을 반짝였다.

“와아! 보고 싶어요.”

“그치?”

차는 아까 다녀온 힐로의 길을 지났다. 나는 배낭 안에 들어 있는 지도를 꺼냈다.

킬라우에아 화산으로 향하는 길은, 힐로보다 조금 남쪽으로 갈라져 향하고 있었다. 체인 오브 크레이터스 로드라는 것은,

킬라우에아산에서 남쪽을 향해 이어진 길이라는 의미 같다. 드라이브라고 해도 꽤 거리가 있어 보였다.

힐로를 지나서 한참 가다 보니 비가 내리기 시작했다. 호텔과 힐로 마을에서 내리던 안개처럼 가벼운 것이 아니라 훨씬 격하게 창을 두드리는 비였다. 길 양옆으로 서 있는 나무들의 생김새도 점점 달라졌다. 열대우림 같은 커다란 나무가 무성하고, 한 번도 본 적 없던 거대한 양치식물이 자라고 있었다.

오늘 아침, 가즈미 씨에게 들었던 말이 생각났다.

하와이섬에는 열한 개의 기후대가 있다. 열대와 사막과 툰드라까지도. 그러니까, 지금 내가 지나고 있는 것은 아열대 지역쯤 되나 싶었다. 호텔을 나와서 불과 한 시간도 지나지 않았는데. 볼케이노 국립공원 안으로 들어서서 한참 산길을 올라간 후, 다시 내리막길로 접어들었다. 비는 누가 막아준 듯 갑자기 그쳤다.

난폭하다 싶게 무성하던 녹색들이 조금씩 줄어들면서 가느다랗고 왜소하고 빈약한 나무들이 모습을 드러내기 시작했다.

드디어 트인 전경이 드러났을 때 나는 크게 숨을 들이쉬었다. 저 멀리 끝까지, 용암지대가 이어지고 있었다.

번들번들 빛나는 검은 것이 식은 용암의 특징이다. 그것 말고는 아무것도 없다. 드문드문 수줍게 자라난 갈색 풀과 왜소한 가지를 드러낸 나무뿐. 마치 다른 별인 듯, 아니면 지구가 종말을 맞이하면 이런 모습일 것 같은 풍경이 펼쳐졌다.

만약 눈을 떴는데 이런 풍경이 펼쳐져 있다면 분명 그렇게 생각했을 것이다. 세상은 이제 끝났다고. 생명력을 느끼게 하는 것이라고는 아무것도 없었다. 자라는 나무도 풀도 흡사 비뚤어진 망령 같았다. 구와시마가 소리 내어 감탄했다.

"몇 번을 봐도…, 정말 대단한 풍경이에요."

나무나 풀로 덮여 있는 것이 자연인 줄 알았는데, 여기는 지구의 알몸이었다. 이곳을 본 후라면, 사막조차 한없이 풍요롭고 아름다운 광경으로 보일 것이다. 적어도 모래는 무언가를 감싸서 품고 있지 않은가.

지구의 안에 있던 용암이 알몸을 드러내며 그대로 지면으로 흘러내리고 있었다. 산 정상 부근에서 풍성하게 자라던 나무와 풀도, 이곳에서는 생존할 수 없을 것이다.

가모우가 핸들을 잡으며 말했다.

"용암지대에서 생식할 수 있는 것은, 이거 봐. 여기 있는 오히아라는 나무뿐이래."

그가 턱으로 가리킨 것은 아까부터 눈에 걸리던 그 비뚤어진 나무의 망령이었다.

"재네들은 지면이 아니라 공기 중에 있는 수분을 흡수할 수가 있어. 그래서 용암 위에서도 자랄 수 있는 거지."

그런 나무가 있다는 것조차 알지 못했다. 지나치게 나의 상상을 벗어난 곳이었다. 구와시마가 이쪽을 보며 말했다.

"의외로 예쁜 꽃이 핀답니다."

"이 나무에서요?"

상상조차 할 수가 없었다. 이렇듯 빈약하고 작고 하찮은 모습으로 자라고 있는데….

"그 나무는 말야, 생존하는 데 많은 태양 빛이 필요해. 그래서 다른 식물들과 밀접하게 자라지 않아. 듬성듬성 떨어져서 자생할 수밖에 없지. 즉 오히아는 풀꽃이 거의 없는 용암지대에서만 자랄 수 있어."

수분이 많은 풍요로운 토지에는 여러 종의 식물이 자란다. 그러면 많은 태양 빛을 다른 식물들에게 빼앗겨서 오히아 나무는 자랄 수가 없다. 그 성질 때문에 고독하게 살아갈 수밖에 없는 나무. 그렇게 생각하니 마음이 짠해졌다.

세상 종말 같은 풍경이 광활하게 펼쳐진 저 멀리 끝자락에 바다가 보였다. 잠시 후 가모우가 차를 세웠다. 고열의 용암이 물속으로 흘러 들어가고 있어서, 수증기가 뭉게뭉게 피어올랐다. 가까이 다가가니 지글거리는 소리까지도 들려올 듯했다.

"좀 더 가까이 가고 싶은데…."

내가 그렇게 중얼거리자 가모우가 웃었다.

"유독가스로 죽고 싶다면."

그 말을 듣고서야 화산에서 나오는 가스가 유독하다는 사실이 기억났다. 킬라우에아서는 화구 근방까지 간다던데, 거기는 괜찮은 거냐고 물으니 가모우가 대답했다.

"매일 관측하고 있다는 것 같으니 괜찮아. 그래도 바람의 방향에 따라 입산 금지구역이 정해져. 저쪽도 출입금지야."

가모우는 빨간 용암 쪽을 가리켰다. 사키모리가 손을 청바지 주머니에 꽂은 채 중얼거렸다.

"또 찾았다, 무엇이, 영원히, 바다에 녹아내린 태양이."

사진을 찍던 구와시마가 뒤를 돌아다보았다.

"랭보. 고바야시 히데오가 번역한."

"오오, 알고 있군요."

"유명한 시니까요."

도서관 사서여서인지 구와시마는 독서가인 모양이었다. 나도 그 시는 알고 있었다. 용암이 바다로 들어가는 장면은, 랭보의 시가 그려낸 광경 그 자체였다. 내가 무의식적으로 시집의 제목을 중얼거렸다.

"지옥에서 보낸 한 철…, 인가?"

사키모리의 표정이 일그러졌다.

"뭐야. 좀 멋있어 보이려고 했더니, 인텔리들투성이네."

가모우가 사키모리의 어깨를 찌르며 히죽거렸다.

"너의 상식은 벼락치기잖아."

"시끄러."

그런데 나도 그다음은 기억나지 않는다. 고등학생 때 읽은 게 전부니까 당연하지. 바다에 녹아 섞이는 태양을 바라보던 랭보는 무엇을 생각했을까.

어두워질 무렵에 맞추어 킬라우에아산 정상으로 돌아왔다. 파카를 걸치고 차에서 내리며 나는 몸을 부르르 떨었다. 추웠다. 마치 겨울처럼. 바람막이 점퍼를 입은 구와시마가 나를 걱정하듯 보았다.

"기자키 군, 그거밖에 안 가져온 거예요? 가즈미 씨가 웃옷 들고 가는 게 좋다고 했는데."

나도 그 말을 들었지만 이걸로 충분하다고 예상했다. 그리고 파카보다 두꺼운 옷은 갖고 있지도 않았다. 사키모리와 가모우도 블루종을 껴입고 있었다.

"괜찮아요, 내가 원래 둔해서."

그렇게 말하면서 파카의 지퍼를 올리고 후드를 뒤집어썼지만, 턱이 부르르 떨렸다. 사키모리가 말했다.

"마우나케아에 별을 보러 가려면, 그야말로 스키복 정도의 장비가 필요해. 호텔에서 빌려주니까 참고해."

"그렇군."

점점 추워지는 일본에서 탈출해 이곳으로 왔다고 생각했는데, 벌벌 떨어야 하는 추위에 있다니 어이가 없었다. 그럼에도 기왕 왔으니 잘 보고 가고 싶었다.

화구를 관측할 수 있는 포인트에는 이미 많은 관광객이 와 있었다. 간신히 틈새를 발견해 비집고 들어갔다. 화구는 500미터 정도 멀리 있었다. 그러나 더 가까이 갈 수는 없었다. 연기가 뭉게뭉게 피어오르고 있었다.

해가 떨어지면서, 점차 화구가 붉게 타오르기 시작했다. 타고 있다는 것을 쉽게 알 수 있었다. 바람막이를 입고 있던 구와시마도 추운 듯 양팔로 몸을 감쌌다. 입술이 부르르 떨렸다. 춥기만 한 것이 아니라, 심각하게 불쾌함을 느꼈다. 뭔가 쓰디쓴 것을 강제로 먹었을 때처럼 입안의 느낌이 좋지 않았다. 붉게 타오르는 화구는 아름다웠지만, 아까 보았던 용암지대 같은 감동은 없었다.

호텔에 돌아올 무렵에는 불쾌함이 참을 수 있을 정도로 가라앉았다. 저녁을 포기하고 방으로 들어와 화장실에서 조금 토한 뒤 그대로 침대에 드러누웠다.

이상할 것도 없지. 원래 피곤한 데다 여기저기 돌아다녔고, 게다가 심각하게 추운 곳에서 얇은 옷으로 서 있었으니.

오늘은 휴식을 취했어야 했나? 몸은 이미 신호를 보내고 있었는데. 역시나 나는 여행에 익숙하지 않은 인간이구나, 생각했다. 시간이 깃털처럼 많다고 말하면서도 누가 권하기 무섭게 따라가는 모양을 보니 시간의 빈곤함 속에서 살아온 습성이란 이런 건가 싶기도 했다.

누군가 노크를 했다. 일어나서 문을 열어주려 했는데 몸이 안 움직였다.

"기자키 군 들어갈게요."

가즈미 씨의 목소리였다. 가까스로 "네, 들어오세요." 대답했다. 그녀가 미네랄워터 병을 들고 들어왔다.

"왜 그래요? 몸이 별로 안 좋아요?"

"네, 좀 무리한 거 같아요…. 어떻게 아셨어요?"

"구와시마 일행이 말하고 있더라고. '기자키 군, 얼굴이 파래져서 몸이 안 좋아 보였어'라고."

"그랬군요."

티를 안 내려고 노력했는데, 숨기지 못했던 모양이다.

형편없군.

"자, 열 한 번 재봅시다."

"죄송합니다."

시키는 대로 체온계를 겨드랑이에 끼웠다. 그녀가 병뚜껑을 열어서 방에 있던 컵에 따랐다. "필요한 거 있어요? 캔에 든 수프라면 바로 준비할 수 있는데."

"지금은 괜찮습니다."

아무것도 먹을 수 없을 것 같았다. 물은 마시고 싶었으므로 가져다줘서 너무 고마웠다. 가즈미 씨는 의자를 당겨 앉으며, 내가 체온계를 뺄 때까지 기다렸다.

5분 정도 지나서 체온계를 꺼내서 보니, 수은이 100 부근에 있었다. 의미를 알 수 없었다.

"화씨 표기예요. 일본인이 보면 잘 모르죠."

체온계를 받아 든 가즈미 씨가 미간을 살짝 좁히며 보았다.

"역시 열이 좀 있네요. 38도 정도 되는데. 여행자 보험에 들었다면 의사를 불러줄까요?"

미국은 의료비가 비싸다는 말을 들었다. 그래서 보험을 들고는 왔지만, 단순히 감기 기운에 피로가 쌓인 것일 뿐, 자고 나면 좋아질 터였다.

"괜찮아요. 푹 쉬고 일어나면 나을 거예요."

"그래요? 알겠어요."

그녀가 침대 옆에 있는 전화기를 손가락으로 가리켰다.

"9를 누르면, 내 방으로 바로 연결되니까 힘들면 불러요."

"죄송합니다."

가즈미 씨가 방을 나가고, 나는 유리컵의 물을 다 비웠다. 차가운 물이 열로 채워진 몸의 구석구석까지 퍼지는 듯한 느낌이 들었다.

열이 있어서인지 무거운 꿈을 계속 꾸었다. 최근까지 내가 담임을 맡았던 아이들이 입을 굳게 다문 채 내 쪽을 바라보고 있었다. 경멸에 찬 그 눈길을 보며 고함을 치고 싶었다.

—아니야, 그런 눈으로 보지 마.

소리를 지르고 싶었지만, 목이 부어오른 탓인지 목소리조차 밖으로 낼 수가 없었다. 숨이 막혀서 나는 그대로 바닥에 쓰러졌다. 흰 양말과 빨간 구두가 내 눈앞에 있었다. 그 구두가 누구의 것인지 바로 알 수 있었다. 가슴이 터질 것 같았다. 사키. 차가운 듯한 머리카락과 뭐든 알고 있을 것 같은 큰 눈동자.

— 미안해. 미안해, 사키.

현실에서는 단 한 번도 사키를 이름으로 불러본 적이 없는데, 꿈속에서 나는 반복해 그 이름을 부르고 있었다.

무라카미라는 성으로 부르는 것보다 사키라고 부르는 쪽이 훨씬 자연스럽게 느껴졌다. 그것조차 위험한 행위일 텐데 말이다. 숨이 막힐 것 같아 몸을 뒤틀면서 얼굴을 들어 올리니, 사키는 어린아이 같지 않은 차가운 얼굴로 나를 내려다보고 있었다. 그 얼굴조차 아름답다고 생각했다.

눈을 뜨니 눈앞에 가즈미 씨의 얼굴이 보였다. 커튼을 열어 둔 채 잠들어 버렸기 때문에, 창밖의 빛이 쏟아져 들어왔다. 해뜰 무렵의, 부드러우면서 조금은 냉랭한 햇살.

"괜찮아요? 뒤척이던데."

"…죄송합니다."

"죄송할 거 하나도 없어요."

걱정을 끼쳤으니 나로서는 죄송했다. 이를 설명하려 했지만 힘이 없었다.

푹 잠들어서인지 몸은 가벼워진 느낌이었다. 가즈미 씨가 이마에 손을 올렸다. 그 손이 차가워서 기분이 좋았다.

"열이 많이 내렸네요."

"네, 이제 괜찮습니다."

은은하게 밝아오는 빛 때문인지, 처음으로 그녀가 예쁘게 보였다. 아직 열이 남아 있어서인지도 모르지. 언제나처럼 얇은 탱크톱 한 장을 입고 있는데, 만지면 뼛속까지 느껴질 것 같았다. 쇄골은 아름답게 완만한 곡선을 그리고, 다소 마른 팔뚝은 여자치고 근육미가 있었다.

그녀를 안고 싶었다. 안고 싶다는 욕망을 느끼기에 앞서, 그저 여자로 안고 싶었다. 그렇게 하면 마음에 찔린 가시를 적어도 하나는 빼낼 수 있을 것 같았다.

"괜찮아요?"

아마도 내가 그녀를 응시하고 있었던 모양이다. 얼굴을 돌리고 싶었지만 움직일 수 없었다.

"아무것도 아니……, 에요."

그녀의 알몸을 상상했다. 말랐으니까 볼품없이 처진 몸은 아니겠지. 아주 살짝 부푼 가슴에, 남자와는 다른 유두가 있을 터였다.

그녀의 손이 가볍게 내 가슴을 쓰다듬었다. 어쩌면 나의 욕망이 그녀에게 전해지고 있을지도 몰랐다. 나는 손을 뻗어 그녀의 손을 잡았다. 뼈가 만져질 것이라고 예상했는데 가늘고 탄탄한 손가락의 감촉이 느껴졌다.

3장

두 번째로 눈을 떴을 때는 방에 석양빛이 새어들고 있었다. 파자마 대신 입은 티셔츠가 땀에 흠뻑 젖어 있었다. 그런데 몸은 세포 하나하나가 냉수로 씻긴 듯 상쾌했다. 웬일인지 고열에 시달린 후에는 항상 그랬다. 데미지는 입었겠지만, 어딘가 리셋된 듯한 기분이었다. 베갯머리에 놓인 물병을 그대로 입으로 가져가 마셨다. 몸속으로 물이 스미는 게 느껴졌다.

열이 높을 때는 물을 마시기 위해 움직일 힘조차 없었다. 침대 옆에 물병을 놓아 준 덕분에 살아나고 있었다. 몇 번쯤 물을 마신 기억이 있으니, 아마도 그때마다 물을 가져다 놓은 것이리라. 불현듯 떠오른 기억에 깜짝 놀랐다.

가즈미 씨를 묘하게 여자로 느끼고, 그녀의 손을 잡은 것이 기억났다. 하지만 그 뒤의 기억이 애매했다. 너무나 달아서 칼

칼할 정도로 느껴지는 그런 감각. 기분이 심하게 흔들렸던 흔적은 남아 있었다. 말랐고 비키니 흔적이 있던 잘 그을린 몸도 그려지는데, 다른 한편으로는 나의 망상 같은 느낌도 들었다. 머리를 감싸 쥐었다.

'우리 섹스했나요?' 하고 물어볼 수도 없지 않은가. 아마도 아닐 것이다. 기억의 달달함은 음탕한 꿈 특유의 감각이므로 비현실적이다. 아마도 고열 때문이리라.

일단 그녀와 대면했을 때의 리액션으로 추정할 수밖에 없었다. 한 가지 위안은, 만약 섹스를 했더라도 숨길 이유는 그녀 쪽에 있다는 사실이었다. 그녀가 이를 누군가에게 말할 이유도 없고, 만약 어떤 이유에서든 들키더라도 내 쪽이 곤란할 일은 없을 터였다. 요스케 씨에게 얻어맞고 여기서 쫓겨날지 모르지만, 적어도 나는 열이 난 직후였고 아팠다. 설마 아픈 내가 가즈미 씨를 강압적으로 성폭행했을 리는 없을 테니까 말이다.

그녀는 차분한 사람이니, 설마 한 번 같이 잔 걸로 질척거리지도 않을 것이다. 무엇보다 나와 그녀는 나이도 심하게 차이 났다. 너무나 맞지 않는 두 사람이고, 저쪽도 불장난 같은 마음이었을 게다.

이런저런 고민을 하면서도 이게 단순한 꿈일 뿐, 실제로는 아무 일도 없었다면 진짜 웃기겠다는 생각이 들었다. 그랬으면 귀찮을 일은 없을 텐데. 땀으로 젖은 티셔츠와 속옷을 갈아입으려 했는데 갈아입을 옷이 없었다. 아래층 드럼 세탁기에는 건조 기능이 있었기 때문에 시간 신경 쓰지 않고 언제든 세탁하는 게 가능했다.

아직도 머리가 조금 띵하지만, 몸은 움직일 만했다. 열이 내렸거나 남아 있어도 미열일 터였다.

빨랫감들을 비닐봉지에 담아 방을 나섰다. 세탁기는 아무도 사용하지 않는 상태였다. 티셔츠와 팬티만 세탁하는 거니까, 그대로 세탁기에 던져넣은 뒤 누군가 놓고 간 세제를 적당히 넣었다. 스위치를 누르니 세탁기가 움직였다. 의자에 앉아 빙글빙글 도는 세탁물을 바라보고 있을 때 닫혀있던 안쪽 문이 열렸다.

"어머, 기자키 군 벌써 일어난 거예요?"

문을 열고 들어온 사람은 바구니를 든 가즈미 씨였다. 동요하는 얼굴 표정을 들키지 않으려고 웃었다.

"네. 이제 괜찮은 것 같습니다."

"그래요? 다행이네요. 말했으면 웃옷 정도는 요스케 거를 빌려줄 수 있는데."

얇은 파카 하나만으로 킬라우에아에 다녀온 것이 생각났다. 아무 사전정보도 없이 다녀와서 이런 일이 생겼다.

"너무 창피합니다. 그렇게 추울 거라고는 생각도 못 했어요."

파카 정도만 있으면 추위는 괜찮을 줄 알았다. 하와이는 남쪽 나라라는 이미지 때문에 골탕을 먹은 셈이다. 가즈미 씨는 세탁기에 눈을 돌렸다.

"세탁?"

"네, 갈아입을 옷이 없어서."

그녀가 들고 있던 바구니를 구석에 내려두고 말했다.

"방으로 돌아가 쉬어요. 끝나면 내가 갖다 줄게요."

"아, 너무 죄송한데 …."

그렇게 말하자 내 어깨를 톡톡 두들겼다.

"무슨 그런 말씀을. 여기 있는 동안은 엄마라고 생각해도 좋으니까요."

쓴웃음을 지으며 그나마 다행이라고 생각했다. 지금은 둘만 있고, 누군가의 시선을 신경 쓸 필요도 없었다. 그런데 가즈미 씨의 태도에는 성적 욕망을 느끼게 하는 말도, 의미심장한 행동도 없었다. 아마도 달달했던 기억은 고열로 인해 만들어진 꿈이었던 것 같았다.

"저녁, 먹을 거죠? 아니면 죽 같은 거 만들어 줄까요?"

그 말을 들으니 갑자기 배가 고파졌다. 생각해 보니 온종일 아무것도 안 먹었다.

"괜찮습니다. 그냥 저녁때 먹겠습니다."

"그래요? 그럼 저녁 식사 때 봐요."

그녀는 그렇게 말하고 세탁실을 나갔다. 그제야 나는 안도의 한숨을 쉬었다. 왜 그때 그런 충동을 느꼈는지, 생각할수록 신기한 일이었다.

저녁 테이블에 구와시마는 없었다. 가모우와 사키모리도 다른 때와 달리 조용했다. 여성의 존재 유무로 분위기가 이렇게 달라지나? 기분이 묘했다. 그들은 이곳 체류 기간도 길고, 젊은 일본인 여성과 이야기를 할 기회가 많지 않았겠지.

"이제 괜찮아진 거야?"

사키모리가 물었다. 나는 고개를 끄떡였다.

"네, 단순한 감기 기운이었으니까."

"종종 있어. 역시 하와이 하면 남국의 이미지가 강해서인 것 같아. 얇게 입고 와서 감기 걸리는 녀석들."

"부끄럽네요."

가모우의 말에 나는 머리를 긁적였다. 만약 방문지가 생소한 나라였다면 조금은 조사를 했을까. 솔직히 하와이라는 곳을 너무 쉽게 봤다. 기후가 온난하고 일본인 관광객으로 넘쳐나며, 일본어도 통하는 관광지. 그렇게만 생각하고 있었는데, 그 너머 여러 얼굴을 숨기고 있는 곳이었다. 물론 호놀룰루에만 머물렀다면 생각은 또 달랐겠지만.

가즈미 씨가 저녁을 준비해 주었다. 닭고기 삶은 것과 오븐에 구운 채소. 딸려오는 밥에서는 좋은 닭고기 냄새가 피어올랐다. 아마도 닭을 삶을 때 나온 수프를 밥 지을 때 넣은 듯했다. 브로콜리가 들어간 수프도 이어서 나왔다. 비교적 깔끔한 식사는 회복 중인 나를 배려한 것 같았다. 차려진 식사는 3인분이었다. 식사를 시작하면서 사키모리에게 물었다.

"구와시마는 오늘 어디 갔나요?"

"아침부터 호놀룰루. 하루 자고 돌아오는 모양이야."

같은 비행기로 왔고 어제는 거의 같은 일정을 보냈는데. 바람막이 점퍼를 입고 있었다는 차이는 있지만. 그것뿐이었다.

"건강하네요."

아무 생각 없이 중얼거리자 가모우가 웃었다.

"여자들이 몇 배나 더 파워풀하고 행동파라고. 여행 나가면 특히 더 그래."

그럴지도 모른다. 대학생 때, 사귀던 여자친구와 여행을 갈 때면 항상 그녀가 가고 싶은 곳을 정했다. 나는 그저 따라갈 뿐이었다. 그래서 난 여자들에게 별로 인기가 없었다고 생각하고 있지만 말이다.

치킨 수프로 지은 밥은 깔끔하면서도 보양식 같은 맛이어서 잘 들어갔다.

갑자기 사키모리가 몸을 앞으로 내밀었다.

"있잖아, 이상하지 않아? 나나 짱?"

"뭐가 이상해요?"

"결혼을 앞둔 여자가 3개월이나 해외여행을 하나?"

사키모리는 나에게 이야기를 계속했다.

"기자키 군이 만약 여친하고 결혼한다면, 그 직전에 3개월씩이나 혼자 여행 간다고 하면 허락할 건가?"

당혹스러운 질문이었다. 당연히 좋은 기분이 들지는 않을 것 같았지만 조심스럽게 대답했다.

"그녀가 정말로 가고 싶다고 하면…."

나 같은 사람이 강제로 못 가게 할 수 있을 것 같지는 않지만, 그래도 결혼까지 앞둔 관계라면 불편한 속내 정도는 말하지 않았을까.

"뭐, 그래도 좋은 얼굴은 못 하겠죠."

"그렇겠지."

"자기는 여행을 너무 좋아해서라고 하는데…, 분위기는 파악할 정도로 똘똘한 여자인 건 확실하단 말야. 약혼자가 싫은 얼굴을 하는데도 강행했을 거라고는 생각되지 않거든."

가정을 거듭한 추측이지만, 신빙성이 없는 이야기는 아니었다. 다만 그녀는 어제 '내가 일을 그만두는 게 당연하다는 듯 생각하는 게 납득이 안 된다'고 했다. 그 반발심으로 약혼자의 기분 같은 것은 생각하지 않은 채 행동을 했을지도 모른다.

가모우도 히죽히죽 웃었다.

"나도 그렇게 생각해. 아마도 거짓말일 거야. 실은 약혼자 같은 건 없을지도 모르지."

"무엇 때문에, 그런 거짓말을."

그렇게 묻자 사키모리가 회심의 표정을 지었다.

"헌팅 당하지 않으려고. 미인이 혼자서 여행을 다니면 여러 가지 일들이 일어나니까."

"아아…."

아무리 생각해도 나는 여자를 살피는 능력이 없는 듯하다. 나 역시 그녀가 결혼할 예정이라고 말하지 않았다면, 조금은 흥미를 갖고 끌리게 되었을지도 모른다. 결혼한다는 말을 들었을 때부터 그런 가능성은 아예 차단해버렸으니까.

충분히 가능한 이야기였다. 아마도 구와시마는 머리가 좋은 여성인 듯했다. 남자들에게 맥없이 끌려다니는 타입의 여자도 아닌 것 같고. 사키모리 말대로 처음부터 방어선을 치고, 남자들이 쓸데없는 기대를 하지 않도록 단속하는 건지도 몰랐다.

"대체로 결혼은 돈이 많이 드는 이벤트야. 결혼식, 피로연, 신혼집, 신혼여행도 가겠지. 한데 그 직전에 장기간 여행을 하면서 돈을 쓸까?"

사키모리는 맥주를 마시면서 이야기를 이어갔다.

"신혼집으로 이사를 하면 이사비용, 새 가구, 커튼…. 계속해서 돈이 필요하지."

가모우가 사키모리의 얼굴을 빤히 쳐다봤다.

"꽤나 자세히 알고 있는 거 같네. 역시 경험자야."

"사키모리 씨, 결혼했어요?"

질문을 받은 그의 얼굴이 장난기로 가득했다.

"실패한 거죠. 이런저런 공부를 많이 했습니다."

"하기야 기혼자라면 혼자서 이런 곳에 장기체류는 못 하겠지."

그때 막 보리차를 들고 온 가즈미 씨에게 물었다.

"역시, 독신이 많은가요? 이런 호텔에는."

가즈미 씨는 컵에 보리차를 따르면서 대답했다.

"음, 그래도 부부나 연인끼리 오는 경우도 꽤 있지요. 절반은 트윈룸이기도 하고."

"그런가요?"

내 방에는 싱글베드밖에 없어서 몰랐다. 부부로 장기간 여행이라니, 어지간히 사이가 좋지 않으면 불가능하겠다는 생각이 들었다. 일상을 보내는 것과 달리 여행 중에는 트러블도 많고, 함께 있는 시간도 길다. 자칫 잘못하면 회복 불가한 균열이 생길 수도 있었다.

그러고 보니 대학 시절 사귀던 여자친구와 사이가 멀어진 것도, 여행이 계기였다. 여행 도중에 어떤 이유로 그녀의 기분이 나빠졌고 점차 입을 다물게 되었는데, 나는 어떻게 풀어줘야 할지 모르는 채 열차에 마주 앉아서 오랜 시간 침묵했던 일이 생각났다. 내가 여행에 대해 시큰둥한 것도 그 일 때문인지 모른다. 그녀는 여행을 좋아하는 사람이었다. 몸집도 손발도 작고 화려한 친구였다. 얼핏 여려 보이는 듯 강한 의지를 가진 아이이기도 했다. 결국 나는 그녀의 마음에 차지 못했다.

가즈미 씨가 세 명을 번갈아 쳐다보며 말했다.

"너무 여자들을 따지고 보려 하지 않는 게 좋아요. 오히려 싫어할 거예요."

아무래도 우리의 대화가 다 들렸던 모양이다. 얼굴을 마주 보면서 그녀가 씁쓸하게 웃었다.

구와시마의 이야기가 거짓말이라 할지라도, 그녀가 남자의 가벼운 유혹에 넘어가지 않으리라는 건 분명했다. 무리해서 거짓말을 들추어내려 하면 그녀에게 미움을 사겠지. 식사를 남기지 않고 먹었다. 컨디션은 생각보다 빨리 회복된 듯했다.

식사를 마치고 방으로 돌아오니 침대 시트가 새롭게 바뀌어 있었다. 가즈미 씨의 배려가 감사할 따름이었다. 땀으로 흠뻑 젖어 있었으니, 새 시트에 누우면 기분이 좋을 터였다. 침대 위에 놓인 종이가방은 세탁을 마친 옷과 속옷들이었다.

그것들을 치우고 있는데 문 두드리는 소리가 났다. 가즈미 씨일 거라고 예상했는데 문을 여니 사키모리가 서 있었다.

"잠시 시간 괜찮아?"

"네, 특별한 일은 없어요. 괜찮아요."

그는 손에 들고 있던 커피잔 두 개 중 하나를 나에게 건넸다.

"자. 우유나 설탕 필요해?"

"아니, 괜찮습니다."

일부러 커피를 내려서 들고 왔단 말인가. 망설이면서 그를 방으로 들게 했다. 사키모리는 바닥에 앉으며, 커피를 한 모금 마셨다.

"실은 부탁이 하나 있어서…."

그가 정중하게 말하니 조금 긴장이 되었다. 혹시 돈 빌려달라는 말을 하려는 건가.

"무슨 일이에요?"

아직 그에 대해서 잘 모르므로 나는 정중하게 물었다.

"책을 좀 빌려줬으면 하는데."

책을 빌려 달라고? 예상도 못 한 말에 나는 앵무새처럼 되물었다.

"책이라니, 무슨 책 말인가요?"

"아무거나 괜찮아. 정말 뭐든 빌려주면 좋겠어."

사키모리는 머리를 흔들거리듯 끄덕이며 계속했다.

"활자 중독이라 일본에서 나름 많이 챙겨왔는데, 전부 다 읽어버렸어. 가모우는 독서를 하지 않는다고 하고, 아오야기는 뭔가 이상한 영어책밖에 없는 것 같아서 난감한 상황이야."

사키모리는 한숨을 쉬듯 말을 이었다.

"어제 기자키 군이 랭보에 대해 알고 있었잖아. 책을 읽는 부류구나, 생각했거든."

뭐, 그 정도 부탁이라면 일도 아니지.

"나도 다섯 권밖에 안 가져왔는데, 괜찮다면 좋아하는 책 가져가세요."

책상 위에 있는 책을 가리켰다. 침을 흘리듯 책을 보는 사키모리의 얼굴에 화색이 돌았다.

내가 들고 온 책은 번역물 미스터리 두 권과 전부터 읽으려 했으나 기회가 없었던 영미문학 책 세 권이었다.

"좋은데. 모두 내가 안 읽어본 책이야."

표지를 문지르는 모습을 보니, 그가 얼마나 활자에 굶주렸는지 알 수 있을 듯했다.

"아무거나 들고 가서 읽어도 괜찮아요. 나도 한꺼번에 못 읽으니까."

책을 좋아하지만, 나는 독서량이 그다지 많은 편은 아니었다. 한 달 동안 한 권도 읽지 않은 적도 종종 있었다. 사키모리는 갑자기 일어났다.

"아, 잠깐만 기다려줘."

그렇게 말하더니 방을 나갔다. 무슨 일인가 싶었는데 책 열 권 정도를 안고 다시 돌아왔다.

"이거는 내가 다 읽은 책이야. 읽고 싶은 거 있으면 아무거나 가져. 물론 내가 빌린 책은 다 읽고 나면 돌려줄게."

나는 그것들을 받았다. SF소설이 대부분이고 나머지는 일본 작가의 소설이었다.

"SF를 좋아하시나 봐요."

그렇게 묻자 사키모토는 내 책들을 고르면서 호들갑스럽게 손을 저었다.

"아니, 최근 읽기 시작해서 잘 아는 건 아니야."

듣고 보니 그가 가져온 책은 SF 고전이라 할 작품들이 많았다. SF 팬이라면 이미 독파했을 책들이었다. 그 책들 속에서 《여름으로 가는 문》을 발견하자 자연스럽게 손이 갔다. 내가 가장 좋아하는 소설이었다. 몇 번이고 읽었고, 원서도 읽은 적이 있다. 영어를 잘 하지는 못하지만, 좋아하는 책이라면 영어로도 읽을 수 있다는 것을 알게 한 소설이기도 했다.

그 표지는 내가 가지고 있는 문고와는 달랐다. 너덜너덜해진 내 책이 생각났다. 중학생 때 샀으니까 10년도 더 된 책이다. 이것은 새로운 출간본이겠지. 넋 놓고 표지를 바라보고 있으려니 사키모리가 슬쩍 내 손을 훔쳐봤다.

"아, 그거. 제목은 예전부터 알고 있었어. 막상 읽어보니 그저 그렇더라고. 명작이라고 들어서 얼마나 재미있을까 했는데, 뭔가 애니메이션이나 만화 같은 느낌이랄까."

좋아하는 작품을 깎아내리는 걸 들으니 화가 났지만, 그런 걸로 화를 내는 것도 어른스럽지는 않았다.

"뭐 오래된 작품이니까. 50년도 더 전에 나온 소설이잖아요."

"그렇지. 그렇게 생각하면 걸작이라 할 수도 있을 것 같아. 많은 애니메이션이나 만화가 이 소설에서 영감을 얻었다고들 하잖아."

다행이다. 사키모리는 나에게 재미있었던 작품을 무작정 깎아내리는 사람은 아니었다.

지금 다시 읽으면 오래된 설정도 많이 보이겠지만, 그런 것에 상관없이 나는 이 작품이 너무 좋았다. 이 소설이 보여주는 눈부신 미래, 주인공의 고독과 운명, 그 모든 것이 너무 좋았다. 소설 속 댄은 절망 끝에 새로운 미래를 손에 넣었다. 나에게는 그런 것이 있을까?

그런 생각을 하다 보니 지금의 나는 이 소설을 다시 읽어 내려갈 수 없을 것 같았다. 읽어도 예전처럼 즐기기는커녕 마음이 삐걱거리기만 할 테니까.

"아, 기자키는 이미 읽었다는 말이네."

"네. 그런데 표지가 다르네요. 새로운 판본인가 봐요."

역자도 달랐다. 이전 번역본과 어떻게 다른지 확인해 보고픈 마음이 들었지만, 읽으면 마음의 상처를 들쑤실 게 분명했다.

"내 청춘 소설입니다."

농담처럼 말하니 사키모리가 머리를 긁적였다.

"그랬군. 내가 실수를 하고 말았네. 악담처럼 말했으니."

"아니에요. 오래된 것은 사실이니까."

"나는 역시 샐린저가 좋아. 학생 시절 몇 번이고 읽었었지."

"아, 그 작가도 좋지요. 나도 너무 좋아해요."

샐리저의 소설을 이야기하면서도 나의 손은 《여름으로 가는 문》을 만지작거리고 있었다.

사키모리는 내 책 중에서 두 권을 빌려 갔다. 대신 가져온 책은 열 권은 그대로 내 방에 두고 가겠다고 했다.

"내가 활자 중독이기는 하지만, 읽고 또 읽는 타입은 아니거든. 그거 전부 여기에 두고 갈 생각이니까 알아서 처리해 줘."

그가 떠난 후, 나는 《여름으로 가는 문》을 다시 읽을지 말지 망설이다가 결국 그것을 베개 옆에 둔 채로 잠이 들었다.

낮시간에 숙면을 해서인지, 한밤중이 되어도 내 눈꺼풀은 무거워지지 않았다.

밤이 되면 기온이 떨어진다. 얇은 긴소매 셔츠를 걸치면 딱 좋은 정도이다. 내일이나 모레쯤 한 번 더 그 마트에 가서, 셔츠 한 장과 조금 더 두꺼운 윗옷을 사야만 할 것 같았다. 호놀룰루에 나가면 좀 더 세련된 옷을 살 수 있겠지만, 딱히 잘 보이고 싶은 사람이 있는 것도 아니고, 낭비는 하기 싫었다.

밖에서 다시 물소리가 났다. 아오야기라는 피부가 하얀 남자인가. 이렇게 쌀쌀한데 물속에 잘도 들어가는구나. 흥미로워진 나는 풀장 쪽으로 난 창을 열었다. 첨벙첨벙 물을 치는 소리가 들려왔다.

문을 열고 밖으로 나가니 구름 사이로 살짝 덜 채워진 둥근 달이 보였다. 계단을 내려가 정원에 있는 풀장으로 다가갔다. 아오야기가 풀장 안에서 일어섰다.

"수영하지 않을래?"

나는 쓴웃음을 지으며 얼굴 앞으로 손을 저었다.

"감기 걸렸다가 나은 지 몇 분 안 되거든. 관둘게."

"물속이 더 따뜻할 텐데."

그럴지도 모르겠다. 내가 다니던 초등학교 풀장 수업은 기계적으로 행해졌다. 조금 쌀쌀한 날에도 중지할 수가 없었다. 그런 날에 지도하기 위해 물속에 들어가면, 예상 외로 물이 미지근해서 깜짝 놀란 게 여러 번이다. 그러나 지금은 뭐라 해도 무리다. 그는 풀장에서 올라오더니, 목욕 타월로 머리와 몸의 물기를 닦았다. 몸을 닦은 후, 파카를 걸쳤다. 아래는 수영복인 채로 그가 공동 키친으로 가는 문을 열었다. 밤인데도 문이 잠겨있지 않은 모양이었다. 내가 그에게 물었다.

"항상 이 시간에 수영하는 거야?"

"전에도 말했잖아. 살이 타는 게 싫다고".

그는 주전자에 물을 넣고 불에 올린 후, 파카 주머니를 뒤적거렸다. 담배를 꺼내 하나 물더니, 담뱃갑을 나에게 내밀었다. 손을 저어 담배를 피우지 않는다고 알리자 그대로 자신의 담배에 라이터로 불을 붙였다.

"낮에는 계속 자는 거야?"

"응, 방에서 책을 읽거나 TV를 보거나 하지."

아무래도 밤에만 활동한다는 말이 사실인 듯했다. 그는 인스턴트커피 가루를 잔에 넣었다. 마실 건지 내게 묻길래 끄덕이니 그가 또 하나의 잔을 꺼내 거기에도 가루를 넣었다.

"커피메이커가 있는데…."

"귀찮아."

그는 연기를 뿜으며 삐익삐익, 소리를 내기 시작한 주전자를 들어 잔에 온수를 부었다. 그러고는 찬장에서 봉지에 든 빵을 꺼내더니, 아무것도 바르지 않고 우적우적 씹기 시작했다. 내게도 권했지만, 나는 거절했다. 그저 뜨거운 것 빼고는 아무 매력도 없는 인스턴트커피를 마셨다.

"오토바이로 밤마다 외출한다면서?"

이렇게 이것저것 물으면 싫어할지도 모르겠다고 생각했지만, 호기심을 억제하기는 어려웠다. 뭐 싫어한다고 해도 별 상관은 없다. 그는 재떨이에 재를 털면서 웃었다.

"밤마다라니? 드라큘라도 아니고."

밝은 실내에서 봐도 그의 피부는 남다르게 흰색이었다. 밤에만 살아가는 종족이라고 해도 믿게 될 정도였다.

"밤에 외출하는 건, 내가 별을 보러 이 섬에 왔기 때문이야."

"별?"

갑자기 이야기가 로맨틱해졌다. 생각이 났다. 이 섬은 별 관측에 좋은 환경이라, 여러 나라의 천문대가 마우나케아에 있다는 이야기….

"별 관측?"

"관측…, 까지는 아니고. 별 사진을 찍고 있어. 보러 갈래?"

커피를 다 마시자 그는 재빨리 싱크대에서 컵을 씻었다. 내 컵까지 받아서 말이다. 둘이 함께 공동 키친을 나선 뒤 계단을 올라 그의 방으로 갔다. 그가 "수영복 갈아입고 올게." 하며 욕실로 들어간 사이 방안을 둘러봤다.

커다란, 손으로 잡기에는 힘들어 보이는 큰 카메라가 책상 위에 있었다.

풀사이즈 디지털카메라보다도 훨씬 컸다. 프로 사진작가들이 사용하는 대형 카메라인 듯했다. 대형 카메라 필름은 일반적인 35밀리 필름보다도 훨씬 크다. 그만큼 묘사가 세밀해진다. 욕실에서 나온 아오야기에게 물었다.

"대형 카메라인가?"

"잘 아네? 린호프."

제조사 이름까지는 모른다. 그가 커다란 파일에서 프린트한 사진을 꺼내어 내게 보여주었다. 별이 찍혀있었다. 그러나 육안으로 보는 별이 아니었다. 별의 움직임이 완만한 빛의 자국을 남기듯 찍혀있었다.

"삼각대를 세우고, 셔터를 오랜 시간 열어서 촬영하면 이렇게 찍혀. 시간이 사진을 찍어주는 셈이지."

너무나 아름답고 환상적인 사진이었다. 사진이라기보다 그림 같았다. 이렇게 보니 별이 어떤 것도 똑같지 않다는 사실을 잘 알 수 있었다. 강한 빛을 내뿜는 별, 아담한 별. 따뜻함을 띄고 있는 별과 얼어붙은 것 같은 색을 지닌 별.

"예쁘다…."

그가 부끄럽다는 듯 웃었다.

"그만큼의 시간과 돈을 들여서 찍은 거니까."

기자재들만 해도 수십만 엔에 달할 듯했다. 프린트 역시 디지털카메라나 35밀리 필름처럼 아무 데서나 싸게 인화할 수 있는 게 아닌 듯했다.

"너도 사진 하니?"

"응?"

나는 놀라서 눈만 깜빡거렸다.

"아니, 대형 카메라 아는 사람이 많지 않으니까."

"우연히 알고 있었던 것뿐이야."

그렇게 웃으며 말하니 그는 더이상 추궁하려 들지 않았다. 나는 조금 미안해졌다. 그는 나의 호기심에 모두 대답해 주었는데, 나는 그의 질문을 얼버무렸다. 다시 한번, 손에 들고 있던 별 사진을 바라보았다.

그로부터 4~5일간은 변화 없는 날이 이어졌다. 나는 햇살이 뜨거운 시간을 피해서 호텔 풀장에서 수영하거나, 근처를 산책하거나, 베란다에서 태닝하며 사키모리에게 빌린 책을 읽었다. 운전 연습을 겸해 힐로나 호노카아까지 간 적도 있었다.

운전이 익숙하지 않은 데다 운전석이 일본과 반대인 왼쪽에 있어서 긴장하며 도로를 달렸지만, 반대편에서 오는 차는 거의 없었다. 그러는 사이 간만의 운전에도, 왼쪽 운전석에도 조금씩 익숙해졌다. 마을에서도 일본과 비교할 수 없을 정도로 자동차가 적은 덕에 코너 같은 곳에서 조금 뭉그적거려도 뒤에서 오는 차가 클랙슨을 울리는 일은 없었다.

한밤중에도 조금만 걸어가면 편의점이 있어서 맥주나 도시락을 사 오던 일본이 종종 그리웠지만, 나는 스스로가 놀랄 정도로 이 섬의 여유로운 시간에 익숙해졌다.

구와시마는 북쪽까지 혼자 차를 운전해 북쪽 해안으로 바다

거북을 보러 가고, 서해안의 코나 마을까지 쇼핑을 다녀오기도 하는 듯했다. 서해안에는 고급쇼핑센터도 있다고 들었지만, 힐로 근방의 조용한 공기에 익숙해진 나에게는 어딘가 다른 나라 이야기처럼 느껴졌다. 여기에 와서, 지금까지 내가 얼마나 비인간적인 공간에서 살고 있었는지를 깨달았다.

녹색이라고는 거리의 가로수와 화분 정도밖에 볼 수 없고, 밤이 되어도 반짝반짝 밝게 빛나는 거리. 분으로 쪼개진 스케줄대로 움직이고, 수시로 전화와 메일이 오는 세상. 당연했던 그곳의 일상이 너무 부자연스럽게 느껴져서 당혹스러울 정도였다. 하지만 언젠가는 다시 그곳으로 돌아가야만 했다. 나에게는 이곳에서 살아가는 데 필요한 재능도 없고, 영어도 시큰둥했다. 남고 싶다고 해도 돌아갈 수밖에 없는 현실이었다.

그렇게 돌아가면 금세 로봇 같은 그곳의 삶에 다시 익숙해져서, 이곳에서 보낸 시간 같은 건 기억 속 한구석으로 밀려나겠지. 실은 외로움과 지루함이 살짝 무서웠다. 지루함 속에 있다 보면, 기억하고 싶지 않은 것들이 자꾸 떠올라 나를 궁지로 몰아가곤 했다. 그렇게 생각하고 있었는데 여기서는 일본에서의 생활이 잘 떠오르지 않는다.

덥지도 않고 춥지도 않은 기분 좋은 기온과 가끔 내리는 안개 같은 고운 빗속에 나의 괴로움도 녹아 옅어진 듯했다. 그리 좋은 일만은 아니었다. 잘 도망쳤다고 생각했지만 결국 다시 일본으로 돌아간 후에는 나를 직면해야 하니까.

그날 오후는 쾌청했다. 나는 차를 운전해서 힐로의 쇼핑센터로 향하고 있었다.

역시나 며칠에 한 번은 물품이 풍요로운 장소에 가고 싶어지는 것은 도회지에 살았던 인간의 습성 같은 것인지도 모른다. 처음에 다녀갈 때는 너무나 휑한 마을 같다고 생각했지만, 가까이서 보니 힐로도 나름 도회지였다. 내가 호나카아나 와이메아라는 하와이섬의 다른 마을을 알게 되었기 때문일지도 모른다. 그 마을은 일본의 시골 마을처럼 조용하고 사람도 적었다. 조금만 걸어도 마을 전체를 돌아볼 수 있고 가게도 그다지 많지 않았다. 그런데 힐로는 달랐다. 사치스럽다고는 할 수 없지만, 대체로 필요한 물건은 구할 수 있는 대형 쇼핑센터와 레스토랑, 카페도 있었다.

그런 의미에서 봐도 호텔 피베리는 좋은 장소에 있는 셈이었다. 주변에 개인이 운영하는 가게들만 있는 한산한 마을뿐이라면, 아마도 금세 질렸을지 모른다. 그날도 나는 목적 없이 쇼핑센터로 가서 진열장의 물품들을 이것저것 구경했다. 스낵 코너에서 몇 가지를 골라 바구니에 넣기도 하고, 몇 번 마시는 사이 좋아하게 된 달달한 커피우유도 바구니에 넣었다. 오늘은 외출하기 전에 가즈미 씨로부터 쇼핑을 부탁받았다.

"커피가 조금밖에 남지 않았어요. 내일은 나도 쇼핑을 가니까 괜찮기는 한데, 만약 기억이 나면 사다 줄래요?"

"어떤 브랜드로 사 올까요?"

그렇게 물으니 가즈미 씨는 웃으며 고개를 가로저었다.

"뭐든 상관없어요. 엄청 비싼 거만 아니면, 아무거나. 아, 그래도 가능하다면 코나커피 100퍼센트. 일본에서 사면 비싸니까 여기 있는 동안만이라도 코나를 마시게 하고 싶어서요."

하와이 토산품 중 하나가 서해안 코나에서 만든 코나커피라는 것은 알고 있었다. 분명 일본에서는 다른 커피보다 훨씬 비싼 가격이었던 것 같다. 커피를 잘 알지는 못하지만, 이 호텔에서 마시는 커피는 확실히 맛있다는 느낌이 들었다. 쓴맛이 길게 이어지지 않아 마시기 편안했다. 깔끔한 맛의 커피였다.

무엇보다 일본에서는 분쇄된 커피만 마트에서 샀기 때문에 비교 자체가 안 될지도 모르겠다.

기억이 나서 커피 코너로 향했다. 그라인더는 있으니까 원두를 사기로 했지만, 코나커피 100퍼센트 원두만 해도 여러 브랜드가 있었다. 프렌치 로스트나 시티 로스트라는 말은 아마도 로스팅 정도의 차이겠지. 잘 모르지만, 미디엄 로스트라는 것을 골라봤다. 지금까지 마신 커피도 같은 색을 하고 있었으니까. 그 순간 진열장 위쪽에 있는 커피에 눈이 갔다.

'Peaberry'라는 글자가 눈에 들어왔다. 호텔과 같은 이름이다. 그 이름으로 몇 개의 브랜드가 있었는데, 원두의 종류인지 모르겠다. 가격은 다른 것보다도 훨씬 비쌌다. 고급품인가 보다. 피베리라고 하면, 블루베리나 라즈베리 같은 과일인가 싶었는데, 지금 보니 커피콩의 종류였나 보네. 귀엽기도 하고, 게

다가 하와이다운 좋은 이름 같군.

갑자기 그 커피가 마시고 싶어져서 바구니에 넣었다. 가즈미 씨가 '비싸지 않은 것'이라고 했지만, 내 돈으로 사서 내가 마시면 되는 거니까.

호텔에 돌아와 주차하려고 하는데 풀장 쪽에서 여자 목소리가 들려왔다. 차에서 내리며 보니 누군가 수영을 하고 있었다.

"아, 기자키 군이다!"

손을 흔들고 있는 사람은 구와시마였다. 솔직히 말하면 그녀의 수영복 차림을 보고 싶었다. 손을 흔들었다는 것은 가까이 가도 괜찮다는 의미겠지.

가즈미 씨도 함께 비치볼을 쥐고 둥둥 떠 있었다.

"날씨가 좋으니까 기자키 군도 함께 수영해요."

유감스럽게도 구와시마는 수영복 위에 티셔츠를 입은 채로 수영을 하고 있었다. 그럼에도 체크문양의 비키니가 흰 티셔츠 아래로 비쳐 보이며 눈부셨다.

"그러네요. 수영할까 봐요."

그렇게 말하는 내 얼굴은 아마도 히죽거리고 있었을 것이다.

"사 온 물건 갖다 두고 나서 수영복으로 갈아입고 올게요."

그렇게 대답하고 가즈미 씨를 향해 말했다.

"커피 원두 사 왔습니다."

"아, 그래요? 고마워요."

두고 오라고 말할 줄 알았는데, 그녀가 풀장에서 나왔다.

두근거렸다. 그다지 면적이 넓지 않은 갈색 비키니. 마르고 가슴도 거의 없어서 야하지는 않았지만, 다리가 길어서 잘 어울렸다. 그런데 그것을 입은 가즈미 씨를 보는 게 어쩐지 처음이 아닌 듯한 느낌이었다. 목에 묶여 있는 가는 끈과 작은 엉덩이를 반쯤 감싸고 있는 쇼츠까지 본 적이 있는 듯했다.

그녀는 거침없이 걸어가 키친으로 나 있는 문을 열었다. 나는 매우 얌전해져서 그녀 뒤를 따라갔다. 열이 나던 날, 매우 달달한 꿈을 꾼 후에도 그녀를 여자로 의식하지는 않았다. 그러나 의식하지 않았던 만큼, 눈앞에서 풍기는 여자의 향기는 강렬했다. 처음 선택했던 미디엄 로스트 커피를 꺼내고 이어서 피베리를 꺼냈더니 가즈미 씨가 살짝 미소지었다.

"아, 피베리!"

"좀 비싸서 어떻게 할까 했는데, 마셔보고 싶었어요. 이거는 제가 샀어요. 괜찮다면 키친에 두고 함께 마시면 좋겠어요."

"어머, 고마워요."

그녀는 비어 있는 원두 통에 미디엄 로스트 원두를 넣고는, 찬장에서 새로운 통을 꺼내어 거기에 피베리를 넣었다.

"이 호텔의 이름은 커피 원두에서 딴 거지요?"

"응. 하와이다운 좋은 이름이죠?"

수영복을 입은 채, 테이블에 팔을 올리며 그녀가 웃었다.

"피베리가 어떤 커피인지 알아요?"

"아뇨. 아까 처음으로 봤어요. 그나저나 비싸더라고요."

그녀는 닫았던 통을 다시 열어 원두를 두 알 꺼냈다.

"이거 봐요, 보통 커피 원두는 안쪽에 이렇게 검은 선이 보이잖아요."

그녀가 커피콩 특유의 모양을 내게 보여줬고 나는 끄덕였다. '커피 원두를 그려봐.' 하면, 많은 이들은 타원형을 그리고 가운데 검게 선을 그려 넣겠지.

"이 콩은 이렇게 두 개가 함께 같은 열매 안에 들어있어요."

말하면서 선이 있는 면끼리 합해 보였다. 타원형이던 커피콩이 옆에서 보면 둥근 형상이 되었다.

"그런데, 피베리는 말이에요."

그녀가 꺼낸 피베리는 일반 커피보다 알이 작았다. 가즈미 씨가 그것을 내 손 위에 올렸다. 자세히 보니, 피베리는 다른 커피콩과 다르게 또르륵 말린 듯 둥근 형상을 하고 있었다.

"둥그렇네요."

"맞아요. 피베리는 열매 속껍질 안 그 방에 한 알밖에 없어요. 그래서 희소성이 있는 거예요."

즉, 보통 열매라면 두 알을 수확할 수 있는데, 피베리는 한 알밖에 얻을 수 없다는 말이다. 비쌀 만하군.

그녀는 내 손에서 커피콩을 집어 올렸다.

"왠지 불쌍해 보이기도 해요. 다른 커피는 둘이서 하나가 되는데, 이 아이는 외롭게 혼자야."

갑자기 공기가 묘해진 듯했다. 그녀의 피부에서 뭐라 말할 수 없는 여자의 냄새를 느꼈다. 그때 알았다. 왜 그녀의 수영복 차림을 본 적 있는 느낌이었는지. 그녀의 나체가 그려지는 게 단순히 망상이라고 생각했다. 그런데 그 몸에 있던 그을린 흔적과 지금 그녀가 입고 있는 비키니가 완벽하게 일치했다.

경악스러웠다. 설마 그것들이 망상도 꿈도 아니었다는 말인가. 설마 내가 초능력으로 알아차렸다는 비현실적인 이야기는 말이 안 된다. 자연스럽게 내 손이 그녀의 수영복 끈으로 향했다. 그녀는 킥, 하고 웃더니 내 손을 뿌리쳤다.

그 표정은 놀라는 모습도 화내는 모양도 아니었다. 당연하다는 듯 고양이의 장난을 제지하는 얼굴이었다. 그 얼굴을 보고 확신했다. 꿈이 아니었다. 나는 그녀의 알몸을 보았다. 마지막까지 갔었는지 도중에 멈췄는지는 모르지만, 적어도 그날의 달콤한 기억 속에 무언가가 있었다.

"가즈미 씨…."

그게 무언지 물어보려고 입을 여는 순간 풀장에서 구와시마의 목소리가 들렸다.

"가즈미 씨, 뭐해요."

"네, 지금 가요. 잠시만요!"

가즈미 씨는 내 옆을 지나서 공동 키친을 나갔다. 나는 한동안 몸을 움직이지 못한 채 그 자리에 움츠리고 있었다.

다음날이었다. 방에서 멍하니 책을 읽고 있는데 문 두드리는 소리가 났다.

"기자키 군, 셔츠 세탁 괜찮을까. 지금부터 세탁하려는데 함께 돌릴까 하고."

가즈미 씨의 목소리였다. 그러고 보니 나흘 동안이나 옷을 갈아입지 않고 있었다.

"네, 잠시만 기다려 주세요."

문을 여니 시트와 타월을 가득 안고 가즈미 씨가 방안으로 들어왔다.

"교체해도 될까?"

"물론입니다. 부탁합니다."

그날 이후 가즈미 씨의 얼굴을 똑바로 바라보지 못하고 있었다. 그녀의 태도는 언제나 똑같은데, 지금까지 느끼지 못했던 어른 여자의 냄새를 강하게 풍겼다.

어깨끈이 가느다란 캐미솔과 로라이즈 청바지를 입은 간소한 옷차림으로 그녀는 침대 정돈을 시작했다. 이 청바지는 엉덩이 기장이 짧아서 허리를 숙이면 등살이 드러나고 수영복의 탄 자국까지 보여서 눈을 뗄 수가 없었다.

"기자키 군, 잠결이라 기억하지 못 하는 거라고 생각했어."

그게 무엇을 말하는지, 명확했다. 이럴 때 '기억나지 않는다'고 말하면 안 된다는 것쯤은 아무리 여자를 모르는 나라도 알고 있었다.

"기억납니다."

그녀가 얼굴만 돌려 나를 바라보며 웃었다. 그 포즈가 너무나 요염했다.

"거짓말, 어제까지 기억 못 했으면서."

마치 손안에 있는 구슬을 다루듯, 내가 숨기려 해도 그녀는 모든 걸 알아차리고 있었다. 나는 한숨 섞인 말로 중얼거렸다.

"꿈이었다고 생각했어요. 현실이었는지 아닌지 물어볼 수도 없었고요."

"맞아. 기자키 군, 도중에 잠들었거든."

그 말을 들으니 더 실망스러웠다. 한심하기 짝이 없었다.

"아팠으니 어쩔 수가 없었지. 갑자기 손을 잡고 끌어안아서 나도 에라 모르겠다 싶었는데, 붙들어 안고는 그대로 쿨쿨 자 버리더라고…."

"그랬었군요."

기억이 애매한 것도 당연하다. 시트 교체를 마친 그녀가 세탁물을 한 손에 들고는 뒤돌아보며 웃었다.

"그래서, 어찌할까? 그날의 다음을 해볼 테야?"

결국 우리는 한번 정돈했던 시트를 다시 꾸깃꾸깃하게 만들어 버렸다. 상상했던 모습 그대로 그녀는 브레이지어조차 하지 않았다. 얇은 캐미솔을 올리니 기억 속에 있던 그녀의 수영복 자국이 눈에 들어왔다. 살이 별로 없어서 소년 같았지만, 젊지 않은 탓에 오히려 여성스러운 느낌이 그 몸에 배어있었다.

연상의 여성과 이런 일이 생긴 것은 처음이었다. 다소 어색한 부분도, 부족함도 용서받을 수 있는 편안함이 있었다. 믿고 맡겨도 될 것 같다고나 할까, 안는다기보다 안긴다고 표현하는 게 맞을 듯했다. 생각보다 죄책감을 느끼지 않는 것은 아마도 가즈미 씨가 지닌 분위기 때문이었던 것 같다.

이런 관계가 되면 안 된다는 것은 나도 알았다. 그녀에게는 요스케라는 남편이 있었다. 그런데도 이상하리만큼 죄책감이 들지 않았다. 아마도 내가 여행객이기 때문일지도 몰랐다. 언제까지나 여기에 머무르지는 않을 것이고, 머문다고 해도 언젠가는 돌아가야 하니까. 그리고 다음에도 이곳에는 돌아올 수 없으니까 말이다. 내 몸 위에서 출렁이는 그녀의 가느다란 허리를 쓰다듬어 올리며, 난생 처음으로 본연의 감각에 몸을 맡기고 있었다. 시작할 때부터 끝을 알고 있는 관계는 몸을 만지고 있는 그 순간에도 애틋함이 있다.

그 뒤에도 그녀와 관계를 가졌다. 연애감정을 느낀 것은 아니었다. 그녀가 요스케 씨와 같은 침실에 있다고 생각해도 질투심은 생기지 않았다.

다만 나는 이렇게라도 그녀를 만질 수 있는 것이, 내 속에서 영원히 스러져 없어지려고 했던 감각의 소중한 부분을 다시 살리는 의식이라고 생각했다.

그녀는 어떤 마음이었을까.

단순한 불장난일까, 아니면 지루한 일상의 자극제였을까. 어쩌면 촌스러운 연하남에게 모성본능을 느낀 것인지도 모른다. 내가 그녀에게 사랑을 느끼지 않는 것처럼, 그녀로부터 사랑받고 있다는 감각도 전혀 없었다.

그녀는 나의 과거를 파헤치려고도, 일본에 있을지 모르는 연인의 존재를 확인하려 하지도 않았다. 모르지만, 우리는 무언가가 통한다고 생각했다. 그녀가 이렇게 빈번하게 젊은 남자를 탐했을 것이라고 믿고 싶지는 않았다.

그런 의미에서 남자란 끝까지 멍청한 로맨티스트인지도 모르겠다. 그녀를 사랑하지 않는다는 것을 스스로 잘 알면서도, 많고 많은 사람 중 하나가 되고 싶지는 않았던 거다.

그녀는 종종 내 방을 찾아왔다. 아마도 호텔에 손님이 없는 시간대를 골라 오는 것 같았다. 물론 낮에는 아오야기가 방에 머물 테니, 완전하게 아무도 없는 것은 아닐 터였다. 다만 그녀가 나를 찾아온 날 저녁에 모여 이야기를 하다 보면, 대체로 모두 어딘가로 나간 날이었다. 호텔 오너인 그녀는 손님들의 부재를 쉽게 알 수 있었을 것이다. 동시에 그것은 그녀 자신이 나와의 관계를 아무에게도 알리고 싶어하지 않는다는 의미였다.

나도 복잡하게 만드는 것은 바라지 않았다. 그녀가 본격적으로 나를 좋아하게 된다면, 나 역시 곤란해질 터였다.

그러나, 그럼에도 마음 한구석에는 그녀에게 내가 소중한 남자이길 바라는 마음도 있었다. 사랑하지 않고, 사랑받고자 하지 않지만, 그럼에도 사랑받고 싶었다. 애정 같은 것을 어딘가에 숨기지도 못하면서, 그런 생각을 하고 있었다.

그 사건이 일어난 것은 나와 가즈미 씨가 처음 관계를 한 후 일주일 정도 지나서였다. 그러니까 나와 구와시마가 이 호텔에 온 후, 2주일쯤 지났을 무렵이었다. 그때 나는 하와이섬을 떠나서 오아후섬에 가 있었다.

한동안 하와이섬에만 머물던 나에게 호놀룰루는 놀랄 만큼 거대한 도시처럼 보였다. 하늘을 찌를 듯한 고층호텔과 한번 들어가면 다시는 못 나올 것 같은 쇼핑센터….

오가는 사람들도 믿을 수 없을 만큼 많았다. 작은 호텔에서 2박을 했는데 그곳이 별로 맘에 들지 않았다. 한 명의 인간이 제대로 끼어들 틈조차 없었다. 어딜 가더라도 관광객으로 넘쳐났다. 호놀룰루까지 온 것은 도시의 공기를 느끼고 싶어서였건만 나는 제대로 질려버렸다. 사흘째가 되자 나는 짐을 싸서 하와이섬으로 돌아가고 싶어졌다.

그러나, 돌아가기 전에 가즈미 씨에게 부탁받은 물건을 사러 가야 한다는 게 생각났다. 메모지에 적힌 일본 식자재점을 찾아서 유부, 연근, 초밥 식초, 통조림 등을 샀다. 캔에 든 삶은 팥이나 일본제 과자까지 풍부하게 갖추고 있어서 놀랐다. 오메기떡이나 찹쌀떡, 유부초밥 같은 것들도 팔고 있어서 충동구매로 지갑이 다 털릴 지경이었다.

결국 부탁받은 물건보다도 훨씬 더 많은 구매를 한 나는 힐로 공항으로 돌아왔다. 호놀룰루와 비교하면 역시 이 섬에서는 시간이 느긋하게 흐르고 있었다.

도착 편을 미리 알려두었기 때문에 가즈미 씨가 마중 나와 있을 것이라고 믿었는데, 웬일인지 차가 보이지 않았다. 전화해서 불러내는 것도 왠지 뻔뻔하다는 생각이 들었다. 뭔가 급한 일이라도 생겼겠지.

나는 택시를 타고 호텔까지 가기로 했다.

호텔 앞에서 요금을 낸 뒤 택시에서 내렸다. 어쩐지 강한 어색함이 몰려왔다. 해질 무렵 호텔은 예전과 같은 모습이었지만, 어딘가 이상했다. 숨은그림찾기를 하듯 주변을 한참이나 둘러보고서야 알았다.

풀장에 물이 빠져 있었다.

청소라도 한 건가. 그런 생각을 하면서 내 방으로 올라가 짐을 풀었다. 부탁받은 물건이 든 가방을 들고 계단을 내려가 공동 키친으로 향하는 다이닝 문을 열었다.

순간 당황했다. 저녁 식사 시간이라고 하기엔 아직 이른데 테이블에 구와시마, 사키모리, 가즈미 씨가 앉아 있었다. 그뿐만이 아니었다. 아오야기가 벽에 기대어 서 있고, 조금 떨어진 의자에 요스케 씨까지 합석해 있었다.

전원이 모인 것이다. 그렇게 생각하다 보니 한 명이 없었다.

가모우가 보이지 않았다.

"무슨 일 있어요?"

질문을 하자 구와시마가 훌쩍거리며 대꾸했다.

"어제, 가모우 씨가 죽었어요. 풀장에서…."

"네에?"

놀란 나에게 가즈미 씨가 말했다.

"그뿐만이 아니야. 그가 적어준 긴급연락처로 전화를 했는데, 전혀 다른 사람이 받았어."

"어떻게 그런 일이."

아오야기가 조용히 입을 열었다.

"가모우라고 하는 사람은 가짜 주소와 전화번호를 적어냈던 거예요."

나는 해야 할 말을 찾지 못한 채 방안에 모여있는 사람들의 얼굴을 둘러보았다.

"도대체 무엇 때문에…."

"우리가 알고 싶은 게 바로 그거야."

요스케 씨가 억지웃음을 지으며 말했다.

나는 여전히 당혹스러움을 감추지 못한 얼굴로 문 옆에 우두커니 서 있었다.

가지고 왔던 식자재의 무게조차 잊은 채로.

4장

사고가 일어난 것은 어제 오후였다고 한다.

호텔에는 아오야기밖에 없었다. 가즈미 씨는 쇼핑을 나갔고, 구와시마는 드라이브, 사키모리는 호놀리이의 비치에 서핑하러 갔었다고 한다. 아오야기는 언제나처럼 방에서 자고 있었다.

가모우가 "오늘 오후에는 풀사이드에서 맥주 마실 거야."라고 하는 말을 가즈미 씨도 사키모리도 들었다고 한다.

가모우는 종종 반바지 차림으로 데크 의자에서 잠들거나, 맥주를 마시면서 오후 시간을 보내곤 했다. 몸을 태닝하려는 건지 그냥 낮잠을 자는 건지 모르지만, 그가 틀어놓은 음악이 내 방에서도 들리곤 했다.

사키모리가 호텔을 나선 것은 오후 1시가 지나서였다. 그리고 오후 3시에 드라이브를 마치고 돌아온 구와시마가 엎어진 채로 풀장에 떠 있는 가모우를 발견해 풀장 밖으로 끌어냈다. 낯선 나라에서 경찰에 연락할 용기가 없던 구와시마는 가즈미 씨에게 연락했고, 돌아온 가즈미 씨가 경찰에 통보했다.

가모우는 이미 숨을 쉬고 있지 않았다. 풀은 발이 닿는 깊이였지만, 그렇다고 물에 빠지지 않으리란 보장은 없었다. 갑자기 현기증과 어지러움이 덮치면 심호흡을 반복하게 되고 혈중 이산화탄소 농도가 낮아져 의식을 잃을 수도 있었다. 게다가 가모우는 술을 마신 상태였다.

바다가 아니라서 안전하다고 생각하는 사람들이 많지만, 풀장에도 위험은 도사리고 있었다. 옛날 선배 교사는 항상 풀에서의 사고를 주의하라고 강조했었다. 그래서 나 역시 풀장에서 사고 자체는 언제라도 일어날 수 있다고 생각해왔다.

그건 그렇고, 가모우가 거짓 연락처를 적어냈다는 것은 무슨 말일까.

"거짓말을 해도 알 길은 없으니까. 우리는 투숙객의 여권 확인도 하지 않고…."

가즈미 씨가 툭 던지듯 말했다. 그러고 보니 호텔을 예약하면서 주소와 긴급연락처 등을 기재했지만 투숙할 때 꼼꼼히 대조한 기억은 없다. 그렇다고 해도 대체 왜 그런 거짓말을 했던 것일까. 무엇 때문에. 여기를 떠나 일본에 돌아갔을 때 호텔에 함께 묵었던 사람들이 찾아오지 못하게 하기 위함이었을까.

"여권은 있었나요?"

적어도 여권이 있으면 이름과 생년월일은 알 수 있다.

가즈미 씨는 고개를 가로저었다.

"못 찾았어요. 대충 뒤져보기는 했는데, 꼼꼼하게 다시 뒤지면 나올지도 모르겠지."

그렇다면 가모우라는 이름도 가짜일지 모른다. 단순히 가벼운 장난이었을까. 아니면 무언가 꺼리는 게 있었던 것일까. 그가 죽었으니 알 길은 없다.

"일단 일본 영사관에 연락했으니까, 그의 친족으로부터 문의가 오면 알 수 있을 것 같기는 한데…."

하지만 친족이 없는 사람일 가능성도 있었다.

가모우가 무슨 이야기를 했었지? 기억해보려고 해도 기억의 끈에 이끌려 나오는 것이 없었다. 처음 체인 오브 크레이터스 로드를 함께 간 날 말고, 그와 함께한 적은 딱 두 번 있었다. 두 번 다 힐로까지 쇼핑하러 간 거였다.

밝고 친근했지만, 자신의 개인사는 좀체 말하려 들지 않았다. 그랬다는 사실조차 지금에야 깨달았다.

나 역시 그에 대해 전혀 관심이 없었다. 같은 호텔에 체류하는 여행자들, 그때뿐인 대화만으로 충분한 관계였다. 그 역시 마찬가지였을 것이다. 그는 나의 과거나 주변 인물들에 대해 흥미를 갖지 않았고, 그것이 오히려 둘의 관계를 쾌적하게 만들었다.

서로 같은 처지였지만 그가 죽어버린 지금, 나는 어쩐지 죄책감을 느끼고 있었다.

아오야기가 단호하게 말했다.

"미안하지만, 사람이 죽은 곳에서 아무렇지 않게 지낼 수는 없어요. 조만간 근처 다른 호텔로 옮겨야겠어."

그 말이 너무나 차갑게 들려서 화가 났다. 손님의 처지에서 생각하면, 그의 행동이 이해 안 되는 것은 아니었다. 만약 이 호텔이 아니라면 나도 똑같이 행동했을지 모른다. 하지만 나는 이미 호텔 측 사람인 것처럼, 가족 같은 기분이 들었다.

가즈미 씨가 힘없이 대답했다.

"어쩔 수 없죠. 그래도 다음 호텔은 알려줘요. 경찰이나 영사관 사람들이 와서 이야기하고 싶다고 할지도 모르니까."

"네, 알겠어요. 지금 생각으로는 힐로 주변의 호텔을 찾을까 합니다."

그렇게 말하면서 등을 돌려 나간 아오야기는 2층으로 향하는 계단을 올라갔다. 잠시 후 방문을 닫는 소리가 울렸다.

구와시마가 사키모리에게 물었다.

"사키모리 씨, 가모우 씨와 사이가 좋지 않았어요?"

사키모리는 곤란하다는 얼굴로 머리를 긁적였다.

"그건…, 나나 짱과 기자키 군보다 먼저 들어온 사이지만, 그뿐이야. 아마 일본에 돌아가도 서로 연락은 안 했을 거야."

그의 입에서 나온 말들도 너무나 차가웠다.

"뭐랄까…. 해외를 떠돌기 좋아하는 녀석들은, 여행지에서 만나는 그때뿐인 관계라는 것을 서로 잘 안다고나 할까…. 가모우와도 그런 느낌이었어. 그가 무슨 일을 했는지도 모르고."

"가게를 운영했었다고 말했는데."

구와시마가 툭 던졌다. 사키모리가 놀란 표정을 지었다.

"나나 짱에게는 말했었나 보네. 그런데 가게를 운영했다면 그가 행방불명 됐을 때 곤란한 사람들이 있을 텐데…."

"맞아요. 그래도…."

구와시마가 무슨 말을 더 하려다가 입을 닫았다. 그녀가 말하려다 멈춘 게 무얼지 짐작되었다. 즉 그게 정말인지 아닌지는 나도 모르겠다, 단순히 허세를 부리려고 가모우가 거짓말을 한 것인지도 모르지 않나….

"그럼, 영사관에서 조만간 연락이 오겠네요."

스스로를 납득시키려는 듯 가즈미 씨가 덧붙였다.

"휴대폰 같은 건요?"

"있는데, 잠겨있더라고."

가즈미 씨의 대답을 듣고 생각에 빠졌다. 디지털 기기의 발전은 종종 사고 예방이나 해결에 번잡스러운 절차를 요구한다. 옛날이라면 수첩만 봐도 대체로 연락할 만한 전화번호는 알 수 있었다.

가즈미 씨는 정신을 차리려는 듯 자리를 털고 일어났다.

"미안, 기자키 군. 시장 봐왔지요?"

“아, 네. 키친 냉장고까지 가져다드릴게요.”

나는 짐을 끌어안고 가즈미 씨와 함께 키친으로 들어갔다.

지금까지 본 적 없는 어두운 얼굴의 가즈미 씨에게 곤약과 연근 등을 건넸다.

“큰일이 일어나 버렸네요.”

“다음 주부터 숙박 예정이던 손님도 취소됐고, 정말로 큰일…. 물론 가모우 씨가 저런 일을 당한 것 자체가 가장 큰 충격이지만.”

냉장고에 식재료를 정리하면서, 가즈미 씨는 한숨을 쉬었다.

“하다못해 스태프가 한 명이라도 있었다면, 호텔에 내가 남아 있었더라면 이런 일은 없었을 거라는 생각을 하면….”

“가즈미 씨가 잘못한 게 아니잖아요.”

그렇게 말하자 그녀가 슬프게 웃었다.

“고마워. 그런데 최악 중의 최악이야. 손님이 저런 사고를 당하다니….”

그러나 하와이에서 정원 풀장이 있는 것은 지극히 일반적이고, 피베리 정도 규모의 호텔에서 감시원을 두는 것도 어려운 일이다.

가즈미 씨는 일어서면서 말했다.

“여기서 차분히 쉬기는 어려울 테고, 기자키 군도 다른 호텔로 옮겨도 괜찮아.”

배려하는 말인 것은 알겠는데, 거리가 먼 사람에게 하는 말

같아서 조금 서운한 마음이 들었다.

"저는 여기에 있겠습니다."

당신 곁에. 옆 방에 있는 사람들을 의식하면서도 진심을 담아 그렇게 말했다. 그녀가 웃었다.

방으로 돌아와서 침대에 누웠다.

마치 오랫동안 지내던 내 집에 돌아온 듯 마음이 편안해졌다. 이곳으로 온 지 고작 2주밖에 지나지 않았는데 말이다.

생각해보면, 원래 내 집도 호텔 방과 별 차이가 없을 정도로 좁았다. 그 좁은 공간을 효율적으로 활용하기 위해 소파베드를 사용하고 있었다. 이 방은 침대로 삐걱거리는 매트리스를 사용하고 있는데, 집 소파베드보다 누워있기가 훨씬 편했다.

집으로 돌아갈 생각을 하니 벌써 위가 아프다. 언제까지나 여기에 머물 수는 없었다. 3개월이라는 기간 한정 휴가였다. 언젠가 원래 있던 세계로 돌아가 인생을 고쳐 살지 않으면 안 된다. 그렇게 생각할 때마다 마음은 질문을 반복했다.

누가 나를 받아들여 준단 말인가.

여기가 낙원이라는 말은 아니었다. 기후야말로 기분 좋지만, 일본에 비하면 놀랄 정도로 지루하고, 자유롭지 못하다. 인터넷은 결국 불통 상태여서 메일이나 문자를 확인할 수도 없었다. 부모님께는 두 번 정도 전화를 걸어 건강하다는 안부를 전했고 이곳 연락처도 알려주었다. 그러니 아무에게도 걱정 끼치고 있지 않다고 생각하면서도, 마음 한쪽은 늘 불편했다.

나를 안아준 여성은 있지만, 유부녀이고 아줌마이며 그다지 미인도 아니다. 여기 생활이 편안한 것은, 정체된 상태로 머물 수 있기 때문이었다.

집에 있을 때는 아무것도 하지 않으면 죄책감을 느꼈다. 여기서는 마음 내킬 때까지 게으름을 피울 수 있었다. 돌아가 다시금 그 규칙적이고 근면한 바른생활 세상에 적응해야 한다고 생각하면 걷잡을 수 없이 불안해졌다. 그냥 가모우처럼 돌아가기 전에 죽어버리면 좋겠다는 마음도 들었다. 그런 생각을 하다가 나는 갑자기 벌떡 일어났다.

설마….

자살이라는 두 글자가 머릿속에 떠올라서 허둥지둥 쫓아냈다. 항상 유쾌하게 웃던 가모우에게 어두운 그림자 같은 건 없었다. 만약 구와시마에게 말했던 것처럼 가게를 운영하는 사장이라면, 일본에 돌아가지 않으면 안 되었을 것이다. 나 같은 떨거지와 같은 사람이라고 생각하면 실례겠지.

불현듯 생각했다. 나는 이 호텔에 있는 사람들에게 어떻게 보였을까. 단순히 머리 색이 특이한 호감 가는 청년으로 보일까, 아니면 우울을 가득 담고 있는 사람이라는 것을 들켰을까.

살을 맞댄 사이라고 해도 가즈미 씨는 나의 마음까지는 파고들어오려 하지 않았다. 존중받는다는 느낌이 들었고, 한편으로 관심이 없는 것인가 야속한 날도 있었다.

경험이 풍부한 여성에게 편안한 쾌락을 느끼면서도, 파고들 수 없는 외로움을 떨쳐내지는 못했다. 만약 내가 죽으면, 그녀만은 나의 고독을 알아줄 수 있을지 모른다.

풀장에 가라앉으면서 가모우는 무슨 생각을 했을까. 그의 죽음을 애도하기보다 그런 생각만 자꾸 떠올랐다.

살아있을 때는 가모우의 내면에 관심이 없었는데, 그가 죽고 나니 왠지 후회가 몰려왔다. 죽은 사람은 다시 읽을 수 없는 책과 같다. 그에 대해 더 알고 싶다고 한들, 이제 와 알 수 있는 것은 드러난 것들의 일부뿐이다. 한 개인으로서의 짤막한 인생 줄거리를 듣는 것 외에 할 수 있는 게 없다.

그 역시 어떤 망설임을 안고 있지 않았다면 이렇게 멀리까지 오지는 않았을 것이다.

다음날, 나는 11시쯤 아래층으로 내려갔다.

9시부터 눈이 떠졌지만, 침대 안에서 뒹굴거렸다. 늦은 오전은 1층에 사람이 가장 없는 시간이었다. 가즈미 씨는 시트 교체와 방 청소 등으로 분주하고, 손님들은 외출하거나 각자 자기 방에서 쉬는 시간….

일부러 그 시간을 노린 것은 아니지만 아무도 없는 것이 좋아서 자연스럽게 그 시간대에 내려가 커피를 마시고 가볍게 식사를 하곤 했다. 그 시간에 늦은 아침을 먹으면, 점심을 밖에서 먹지 않아도 되어서 딱 좋았다. 토스트에 빵을 굽는 것은 그다지 손이 가지 않지만, 다른 요리는 잘 못한다. 그렇다고 외식을 하려면 자동차로 외출해야만 했다. 가장 귀찮지 않은 방법이 늦은 아침을 먹고, 점심을 거르기로 한 것이다. 저녁은 가즈미 씨가 만들어주는 것으로 해결했다.

그러나 그날, 테이블에 구와시마가 혼자 앉아 있었다.

구와시마가 오전 중 집에 있는 일은 드물었다. 지금까지는 거의 매일 외출을 했다. 오후에 빨리 돌아와서 휴식을 취하는 일은 있어도, 오전에 호텔에서 모습을 본 기억이 거의 없었다.

그녀는 나를 보더니 머리 숙여 인사를 했다.

"안녕하세요."

미소 짓고 있었지만, 평소보다 표정이 어두웠다. 가모우 일로 마음이 무거운 탓일 거다.

"웬일이에요. 이 시간에 호텔에 있네요."

"그냥 외출할 마음이 들지 않아서요…."

커피가 든 머그잔을 두 손으로 감싸면서 구와시마가 한숨을 지었다. 커피메이커에는 그녀가 내려놓은 듯한 커피가 수증기를 뿜어내고 있었다.

마셔도 되냐고 물으니 "당연하죠."라는 대답이 돌아왔다.

"기자키 군은 여기서 안 나갈 거죠?"

갑작스러운 질문에 당황했다.

"아마도…. 그럴 생각은 없어요."

물론 이곳이 운영을 그만둔다면 다른 호텔을 찾아야 한다.

반대로 말해서 그렇게 하지 않는다면 여기를 나갈 일은 없다는 의미였다.

이곳이 마음에 드는 것 외에, 가즈미 씨와의 관계가 마음 편한 점도 분명히 있었다. 가즈미 씨가 요스케 씨와 헤어졌으면 하는 마음도 없지만, 내가 여기를 나갈 경우 그녀와 관계가 끝난다는 것 정도는 알고 있었다. 지금은 조금만이라도 더 그녀와 함께 시간을 보내고 싶었다.

"구와시마 씨는? 나갈 생각하고 있는 거예요?"

그녀는 고개를 가로저었다.

"나도 여기에 있고 싶어요. 그런데 마음 한구석에 불편함이 있어서…."

나는 어제 사 온 베이글을 오븐 토스트에 넣은 뒤 커피를 컵에 따르고 우유를 부었다.

"마음이 불편… 하다고요?"

"말이 좀 그렇죠? 사고라는 걸 의심하는 것은 아닌데…."

뭔가 얼버무리는 듯한 말투였다.

구워진 베이글에 크림치즈와 블루베리잼을 발라 나는 그녀 앞에 앉았다.

"그런데 뭔가 신경 쓰이는 게 있군요?"

유도하듯 물어보니 그녀가 고개를 끄덕였다.

"가모우 씨가 말한 적이 있어요. '이 호텔의 손님은 모두 거짓말을 하고 있다'고."

심장이 쫄깃해졌다. 심박동이 빨라지는 게 느껴졌다.

"거짓말요?"

"물론 그 말이 진짜인지 아닌지는 몰라요. 가모우 씨는 분명히 거짓말을 하고 있었죠. 자신의 주소와 연락처마저 감추고 있었던 거고…."

나는 생각에 빠졌다. 적어도 나는 거짓말을 하고 있지는 않다. 주소도, 이름도, 교사였다는 것도 모두 사실이었다. 모든 것을 말한 건 아니지만, 다 말할 필요도 없잖은가.

거짓말이라는 말에 감추고 있는 일을 포함하자면, 가즈미 씨와의 관계가 있을 뿐이다. 어쩌면 가모우는 우리 둘의 관계를 알고 있었을지 모른다.

"나는 거짓말 같은 거 하지 않았는데."

입 다물고 있으면 거짓말한다고 인정하는 것 같아서 굳이 그렇게 대꾸했다.

구와시마가 살짝 미소를 지었다.

"그 말을 들으니 안심이에요. 가모우 씨가 무심코 던진 말이었겠죠."

그러나 내 안에는 의심이 생겼다. 구와시마는 스스로 거짓말을 하지 않았다고 밝히지 않았다. 가모우가 말한 '모두' 안에는 물론 구와시마도 포함되었을 텐데. 아니면 그녀는 스스로 거짓말을 한 적이 없으므로 가모우의 말을 애써 부정할 이유조차 없었을지 모르지만.

아마도 내가 추궁하는 듯한 눈으로 바라보고 있었던 것 같다. 그녀가 겁난 듯 시선을 피하며 서둘러 미소를 지었다. 어쩌면 내 시선이 그녀의 등을 떠밀었는지 모르겠다. 그녀는 머그잔을 가슴 쪽으로 끌어당기면서 입을 열었다.

"가모우 씨가 저에게 추근거렸어요."

"네?"

놀라는 소리를 냈지만, 경악할 만한 일은 아니었다.

젊은 여자는 구와시마밖에 없었고, 그녀는 청초하고 귀여웠다. 배려심 있고 착하며 잘난 척하지도 않는 데다, 지적인 면모도 있었다. 그녀를 맘에 두는 남성은 많을 것이다. 가모우가 '약혼자가 있어도 상관없어. 내가 꼬실 거야'라고 마음먹어도 이상할 게 없었다.

"그랬군요. 구와시마 씨가 착하니까."

나는 그녀가 굳이 신경 쓰지 않을 정도로 맞장구를 쳤다.

그녀는 숨을 뱉어내듯 웃었다.

"어쩐지 쉽게 흔들리는 사람처럼 보였겠죠? 저, 대충 들이대며 다가오는 사람들 많아요."

"그래요?"

내 질문에 그녀는 적절하게 둘러댈 말을 찾는 듯 잠시 생각에 빠졌다.

"그러니까 저를 진심으로 좋아하는 것은 아니고…, 그저 '넘어와 준다면 땡큐!' 정도로 남자들이 생각한다는 거, 저도 잘 알아요."

무심결에 커피를 마시다가 사레 걸릴 뻔했다. 그 말을 듣는 순간, 그녀에게 작업을 걸기 위해 다가왔던 남자들의 마음을 알 것 같았다. 그녀에게는 남자를 움츠러들게 하는 부분이 없다. 그러니 남자들은 자신이 상처받지 않을 것이라고 짐작하며 쉽게 수작을 걸었을 것이다. 그런 자기 속내까지 그녀가 꿰뚫고 있다는 사실은 까마득히 모르는 채로.

같은 남자로서 식은땀이 날 것 같았다. 만약 그녀에게 약혼자가 없었다면, 나 역시 그녀에게 적극적으로 호의를 드러내는 짓을 했을지도 모른다.

"유부남 주제에 날 꼬시겠다고 덤비는 사람도 있어요, 병신같이. 내가 그런 남자를 좋아할 일도 없는데."

"가모우 씨에게 부인이 있었어요?"

그녀가 고개를 가로저었다.

"없다고 했어요. 그래도 나는 믿지 않았어요."

"있어 보였어요?"

그녀가 고개를 끄덕였다.

"그 사람 혼자서 커피도 내리지 못했어요. 가즈미 씨를 불러서 내려달라고 하더군요. 혼자서 생활했더라면 커피 정도는 내릴 수 있었을 텐데."

"여기 커피메이커가 익숙하지 않아서 사용법을 몰랐을지도 모르죠."

"아니요, 사키모리 씨보다도 더 오래 이곳에 머물렀다고 했어요. 익힐 시간은 얼마든지 있었을 거예요."

즉, 자신이 커피를 내린다는 생각 자체가 머릿속에 없는 인간이란 뜻이다.

"나이를 먹었지만, 모친과 함께 생활했을 가능성도 있고…."

"그럴 수도 있겠죠. 하지만 이렇게 오래 여행하면서 돌아가지 않으면 엄마가 걱정하실 텐데요."

구와시마의 추측이 맞는다면, 가모우는 천애 고독한 인간은 아니었다. 그러니 머잖아 그의 정체를 알 수 있을 터엿다.

그럼에도 이해할 수 없는 것이 있었다. 그는 왜 거짓 연락처를 기재했을까. 그렇게 하는 게 자기에게 무슨 이득이 있었을까, 아니면 무엇을 감추지 않으면 안 되었을까.

나는 식어가는 카페오레를 마시면서 말했다.

"그나저나 대담하네요. 구와시마 씨는 곧 결혼할 예정인데."

"절대로 그럴 일 없다며, 거짓말이라면서 내 말을 믿어주지 않았어요."

그러고 보니 사키모리와 가모우가 그런 이야기를 했었다.

구와시마는 자리에서 일어나 커피콩을 그라인더에 넣었다. 콩을 분쇄해 커피메이커에 옮겨 담으며 "더 드실래요?"라고 묻길래 나는 고개를 끄덕였다.

커피를 내리던 구와시마가 무슨 이유인지 큭큭, 소리 내어 웃었다. 그리고 말했다.

"뭐, 거짓말이긴 하지만."

너무나 아무렇지 않게 말하는 바람에 그 말을 흘려 버릴 뻔했다. 놀란 내가 그녀의 옆얼굴을 빤히 바라다봤다. 조금 전까지 청초하고 착해만 보였던 인상은 그 미소 속에 없었다.

어떻게 반응해야 좋을지 알 수 없었다. 나는 헛웃음을 웃으며, 이미 비어 있는 잔에 입을 갖다 댔다.

그녀가 다시 내 맞은편에 앉았다.

"죄송해요, 그래도 전부 거짓말은 아니에요. 힐로 카페에서 가즈미 씨와 기자키 군에게 말한 내용은 사실이에요."

"그러니까…, 일을 당신만 그만두게 되는 현실이 싫다고 말한 거요?"

그렇게 말하자 그녀는 일부러 무서운 표정을 지어 보였다.

"싫다고 말한 적 없어요. 단지 조금 배려해주거나 다른 방법을 찾아주는 척이라도 했으면 덜 서운했을 거라고 말했을 뿐이에요. 그런 식으로 간단히 단정하지 말아 주세요."

"미안. 미안해요."

결국 싫다는 말 아닌가? 속으로 생각했지만, 더는 언급하지 않기로 했다. 여성과 말싸움해서 좋을 일은 하나도 없었다.

그러나 그 말이 거짓이 아니라면 약혼한 것 역시 거짓이 아니라는 의미가 된다. 잠깐 내 표정을 살피던 그녀가 이야기를 계속했다.

"약혼했던 것은 사실이에요. 그러나 지금은 이미 거짓말이 되어 있을 거예요."

"응? 그게 무슨 말이에요?"

나는 두 손을 들었다. 항복을 선언하고 설명을 부탁하자 그녀는 목을 기울이며 귀엽게 웃었다.

"저, 약혼자에게 떠나는 곳을 말하지 않고 온 거거든요."

여행지도, 여행 기간도 말하지 않고 떠나왔다고 그녀가 말했다. 이 여행에 대해 알고 있는 것은 사이가 좋은 동생과 몇몇 친구들뿐이며, 그들에게는 '약혼자에게 말하지 말았으면 좋겠다'고 신신당부를 해두었다는 것이다.

"분명히, 버림받았을 거예요. 약혼 파기한 거죠."

체념한 듯 말하는 그녀를 보며, 나는 당혹스러움을 감출 수가 없었다.

내가 그녀의 약혼자였다면, 오히려 내 쪽이 버림받았다고 생각했을 것이다. 그러나 그녀에게는 그런 자각이 없는 듯했다.

"저…, 엉뚱한 말일 수도 있는데…."

"뭐요?"

"그 사람 입장에서는 본인이 버림받았다고 생각할 수도 있잖아요?"

"왜요? 그 사람에게 아무것도 말하지 않았고, 여기 와서 딴 남자를 만난 것도 아닌데요?"

"그래도…요."

약혼까지 한 애인이 갑자기 행방불명되었다. 그런 사건을 감당할 만큼 강한 남자는 거의 없을 것이다.

그녀는 숨을 내쉬었다.

"그렇겠죠? 아마도 기자키 군이 말하는 내용이 맞을지 몰라요. 내가 이상한 거죠."

"그게…, 구와시마 씨를 나무랄 뜻은 없지만, 헤어지고 싶어서 그렇게 한 거 아닌가요?"

잠시 생각에 잠기던 그녀가 입을 열었다.

"뭐, 틀어져도 상관없다고 생각했어요. 아마도 다 끝나겠지, 지금은 그런 심정이에요."

그렇다면, 왜 그런 일을 벌인 것일까. 적극적으로 헤어지고 싶을 정도로 강한 감정이 그녀에게서는 느껴지지 않았다. 그녀가 다시 희미하게 웃었다.

"저는 항상 성실한 아이였어요. 중학교, 고등학교, 대학교에서 한 번도 말썽을 일으키지 않았고, 부모님 속 썩이는 일도 하지 않았어요. 그런 저 자신을 싫어하지 않고 살았는데, 갑자기 무서워졌던 거예요."

그녀는 순간 입을 다무는 듯하더니, 다시 말을 이어갔다.

"착하고 성실한 사람이 아닌 나에게는 존재가치조차 없을지 모르겠다는…."

내 눈에 구와시마의 얼굴이 어린 소녀의 얼굴과 겹쳤다.

— 선생님은 사키가 착한 아이라서 좋아하는 거죠?

열 살짜리 아이치고는 어른스럽게, 조숙한 말투로 말하는 입술. 몇 번이고 생각나는, 초식동물처럼 되새김질하게 되는 그녀의 얼굴. 이 세상에 그 이상 아름다운 것은 없다고 생각했다.

—그렇지 않아. 만약 나쁜 아이라도 선생님에게 무라카미는 소중한 아이란다.

그렇게 말했는데도 그녀는 믿는 얼굴을 하지 않았다.

그런 말을 하는 사키는, 열 살인데도 어른 여자 같았다. 겉으로는 공부 잘하고, 반장 역할도 성실하게 수행하고, 모든 면에서 착실한 우등생으로만 보였는데….

"왜 그래요? 기자키 군."

구와시마의 질문에 다시 정신을 차렸다.

"아, 예전에 가르치던 학생이 생각나서."

"하하, 제자한테 비슷한 말을 들은 적이 있었나요?"

대답하기 힘들었다. 나의 표정을 보고, 구와시마는 그 지적이 맞았다는 걸 알아차린 듯했다.

"그렇죠. 그런 건 정말 초등학교나 중학교 때 거쳐야 하는 통과의례 같은 거죠."

구와시마의 기분이 상하지는 않은 모양이어서 나는 그것만으로 안심했다.

"저는 그런 과정을 제대로 거치지 못했어요. 그런데 여기까지 오게 되고, 좀 이상해져 버린 거예요."

마지막 커피 방울이 추출되는 소리가 났다. 구와시마가 일어나서 서버를 들고 와 내 잔과 자신의 잔에 커피를 따랐다. "고마워요."라고 말하니 그녀가 웃었다.

"제 친구 중에 좀 난감한 애가 하나 있어요. 성격은 참 좋은데, 술을 너무 좋아해서 언제나 취해서는, 한 달에 한 번은 이상한 장소에서 눈을 뜬다고 해요."

"이상한 장소?"

뭔가가 기억난 듯 그녀가 큭큭 웃었다.

"교토에 살고 있는데, 종종 시가라든가 후쿠이라든가…. 일단은 전철을 타고 잠이 드는 모양이에요. 와카야마의 신구新宮 근처에서 남친에게 전화한 적도 있대요."

"그건 좀…."

지나친 호걸이다. 신구는 가본 적이 있지만 나고야에서도 멀었던 기억이 난다.

"그래도 그 애의 남자친구는 매번 전화가 올 때마다 여친을 데리러 가는 거예요. 제 친구가 그렇게 될 때까지 마시는 건 대체로 금요일이나 토요일이지요. 다음날이 휴일이니까 남자친구는 멀리까지 그녀를 데리러 가서 함께 돌아오는 거죠. 좋아하지 않으면 절대로 할 수 없는 일이죠."

"그렇죠."

"그거, 정말로 사랑받고 있다는 뜻이지요?"

확실히 그렇다. 그녀를 진심으로 좋아하지 않으면 이미 정이 떨어졌을 것이다.

"나는 그런 일을 하지 않아요. 술도 거의 마시지 않고. 게다가 그런 걸 하면 내 남친은 화를 내고 나를 싫어할 것 같은 생각이 들어요."

"그럴 것까지야…."

아니라고 말하려 했지만 입안에 담아두기로 했다. 구와시마의 애인이 누구인지도 모르는 상태에서 적당히 말하는 것도 예의는 아닐 터였다.

"제 남자친구는 내 복장에도 이것저것 참견을 많이 해요. 한번은 스커트와 청바지를 겹쳐 입었더니 '나는 그런 옷차림을 좋아하지 않으니 하지 말아.'라고 분명하게 말하더라고요. 그를 좋아하니까 남자친구가 말하는 대로 했지만, 그 일이 계속 맘에 걸렸어요."

그녀가 턱을 받치더니 창밖을 보았다.

"나는 살짝 눈에 띄는 옷을 입기만 해도 불평을 들어야 하는데, 그 친구는 아침에 후쿠이역 벤치에서 눈을 떠도 웃으며 용서해줘, 이상하지 않아요?"

농담처럼 말하지만, 그녀의 눈은 웃고 있지 않았다.

"그래서 나도 좋아하는 걸 해보자. 그러다 싫어지면 싫어지는 대로, 내 맘대로 하겠다고 생각한 거죠."

그렇게 3개월간 일본을 떠나온 것이라고 했다.

무슨 말을 해야 좋을지 나는 알지 못했다.

그녀는 어깨에 힘을 빼고 웃었다.

“알고 있어요. 이미 나는 제멋대로 하고 있을 뿐이고, 아마도 그는 나를 용서하지 않을 거예요. 그래도 뭐 상관없어요.”

꽤 오래 이야기를 하고 있었다. 갑자기 문이 열려서 돌아보니, 세탁물을 든 가즈미 씨가 안으로 들어왔다.

그녀가 조금 의외라는 표정으로 나와 구와시마를 번갈아 보더니, 그대로 지나갔다. 왠지 뒤가 찔리는 느낌이 드는 나 자신이 이상했다.

가즈미 씨가 지나가고 다시 구와시마가 입을 열었다.

“그나저나, 가모우 씨 말예요.”

원래 가모우의 이야기를 하다가 옆길로 샌 거였다.

“사실은 점점 더 적극적으로 거칠게 몰아붙여서 너무 무서웠어요. 밤에 내 방으로 들어오기도 했고요. 가즈미 씨에게 상담할까 생각도 했지만, 사람들에게 말하면 오히려 그가 더 심각해질 수도 있을 것 같아서….”

그런 일이 있었다니, 상상도 못 했다.

“그 사람은 앞으로 며칠 후면 3개월이 지나서 나가야 하니까, 그때까지 조금만 참고 잘 넘기면 어떻게든 해결될 거라고 혼자서 생각했어요.”

거기까지 들은 내 머리에 번뜩 어떤 생각이 미쳤다.

추리를 해보면, 구와시마에게는 가모우를 살해할 동기가 있을지도 모른다. 가령 강제로 추행당할 뻔한 순간, 공포에 휩싸인 구와시마가 가모우를 풀장에 밀어 떨어뜨렸다든가. 그러나 풀장은 성인의 다리가 닿을 정도 깊이라서, 밀어 떨어뜨린다고 해도 익사할 만한 상황은 아니었다.

그녀는 바닥을 보며 중얼거렸다.

"이 이야기, 경찰에 말하는 게 좋을까요?"

나는 잠시 생각했다.

만약 가모우의 죽음에 이상한 점이 있다면, 경찰은 반드시 움직일 터였다. 경찰이 사고사라고 판단하면 아마도 사고사겠지.

그래서 대답했다.

"굳이 말 안 해도 되지 않을까요. 딱히 관계가 있어 보이지도 않는데."

외출하겠다는 구와시마와 헤어져서 방으로 돌아오니, 모처럼 아오야기가 복도에 나와 있었다.

겨드랑이에 오토바이 헬멧을 끼고 있는 것을 보니, 그도 외출하려는 모양이었다. 목까지 채워진 긴 팔 셔츠는 햇살에 타는 것을 방지하기 위한 대책이겠지. 처음 그를 만난 때가 기억났다. 그때, 그는 살이 타는 것이 싫다며 야밤에 수영하고 있었다. 이상한 녀석이라고 생각했다. 그렇게 친해지지는 않았지만, 그가 찍은 별 사진은 잊지 못할 것이다.

"웬일이야. 이 시간에."

그가 가볍게 어깨를 움츠렸다.

"나도 나가기 싫지만 어쩔 수 없어. 밤에 호텔을 찾으러 다닐 수는 없으니까."

역시나 그는 이 호텔을 나갈 모양이었다. 살짝 아쉬운 마음이 들었지만, 붙잡고 싶은 정도는 아니었다. 그에게는 그가 좋아하는 것을 선택할 권리가 있으니까.

"좋은 곳을 찾았으면 좋겠네."

그렇게 말했더니, 어째서인지 그가 미간을 좁히며 대꾸했다.

"너는 어떻게 할 거야? 계속 여기에 있을 생각이야?"

"응. 설마 가모우 씨가 귀신이 되어서 나타나지는 않겠지."

조금 불경스러운 말인가 싶으면서도 농담처럼 툭 던진 한마디에 그가 갑자기 겁에 질린 얼굴이 되었다.

"뭔 소리를 그렇게 하지. 나도 그게 무서워서 나가려 하는 건 아니라고."

"그럼 왜?"

내가 물었지만 그는 대답하지 않았다.

"더이상 나쁜 말은 하지 않겠어. 그렇지만 너도 나가는 게 좋을 거야."

불현듯 기시감이 들었다. 전에도 그는 비슷한 뉘앙스의 말을 한 적이 있었다. 기억을 더듬어 보았다.

—기대해도 좋아. 곧 재미있는 걸 보게 될 테니까.

그는 틀림없이 그렇게 말했다. 지금을 놓치면 아마도 대답을 듣지 못할 것이다. 그렇게 생각하자 자연스레 질문이 나왔다.

"어이, 네 말대로 재미있는 게 대체 뭔데?"

설마 가모우의 죽음을 예견한 거라고는 생각하지 않았다. 아오야기는 그렇게 무서운 인간은 아닐 것이다. 그는 가모우의 죽음에 적잖이 충격받았다. 그런 걸 예측할 만한 사람은 결코 아니었다.

그는 얼굴을 찡그리며 고개를 저었다.

"잊어줘. 그건 내 착각이었어."

"착각?"

착각이라고 하더라도 그 착각의 이유를 알고 싶었지만, 아오야기는 설명하려는 생각이 전혀 없는 듯했다. 그는 나를 남겨두고 복도를 걸어 1층으로 내려갔다. 나는 당혹스러운 눈길로 그의 등을 물끄러미 바라만 보았다.

대체 그는 무엇을 알고 있는가. 그리고 무엇 때문에 저리 떨고 있는 것일까.

노크 소리가 들린 것은 2시 15분이 지나갈 때였다.

문을 여니 가즈미 씨가 서 있었다. 그녀는 새로운 타월과 시트를 들고 있었다.

"시트 교체해도 될까?"

"부탁합니다."

집에서는 시트 교환 같은 거 한 달에 한 번 할까 말까였으니 며칠 방치한다고 신경 쓸 일도 아니었다. 그런데 여기에 와서는 깨끗하게 다림질까지 된 새 시트의 기분 좋은 맛에 빠져버렸다.

방에 들어온 가즈미 씨가 먼저 욕실에 들어가 타월을 교체했다. 욕실에서 그녀의 목소리가 들려왔다.

"준 군, 나나 짱과 사이좋게 대화하던데…."

둘만 있을 때 성이 아닌 이름으로 부르는 것은 변함없는데, 그녀가 이렇듯 질투 섞인 말을 하는 것은 처음이었다.

"그냥, 세상 돌아가는 이야기를 한 것뿐이에요."

가모우가 구와시마를 집적대서 괴로워했다는 이야기를 할까 망설였지만, 민감한 이야기니 말을 아끼기로 했다.

가즈미 씨는 욕실 문에 기대어 이쪽을 보고 있었다. 그녀의 몸은 한쪽 팔로 다 감쌀 수 있을 만큼 가느다란 허리에다 다리도 길었다. 여성적인 볼륨은 없지만, 그럼에도 아름다운 몸이었다. 여분의 지방 같은 게 없으니 살갗을 만지면 부드러웠다. 옷을 벗기면 햇빛에 타지 않은 피부는 놀랄 정도로 하얘서 사랑스러움이 배가되었다.

"그렇다면 괜찮지만…, 분위기가 좋아 보여서."

"내가 구와시마 씨와 사이가 좋아지면 어떻게 할 거예요?"

그녀가 질투하기를 바랐다. 어떻게 하든 그녀는 내 것이 될 수 없는 사람이니, 아주 조금쯤 흔들려 주는 것도 나쁘지는 않을 것 같았다. 연애나 애정에서 이해득실을 따질 수 없다는 걸 잘 알면서도 나는 그런 생각을 했다.

그녀는 장난치듯 웃으며 침대에 앉았다. 그대로 바닥에 앉아 있는 내 허벅지를 그녀가 발로 스윽 문지르며 말했다.

"이런 것도 이제 그만해야겠지? 여자아이를 울리는 건 싫으니까."

실망감을 감추지 못하며 내가 물었다.

"질투하지 않는 건가요?"

"질투하길 바라? 희한하네."

그녀가 갑자기 질투하고 나선다고 해도 곤란하겠지만, 조금도 질투하지 않는 것 역시 나는 슬펐다. 멍청하게도 그런 감정이 드는 건 어쩔 수 없었다.

"나이를 먹으면, 이런저런 것들을 빨리 포기하게 돼."

앞으로 두 달 반 뒤, 내가 여기를 떠나도 그녀는 아무런 감정도 느끼지 않을까. 그렇다면 나란 존재는 그녀에게 어떤 의미일까? 빙글빙글 도는 생각 속에서 퍼뜩 깨달았다. 무언가 내 발목을 잡고 있었다. 거침없이 헤엄치고 있다고 믿었는데, 정신을 차리니 해초 같은 것이 발목을 휘감고 있었다.

연상의 여자와 거리를 두고 관계하면서 내게 유리한 것만 취하며 지내는 줄 알았는데, 어느새 몸을 자유롭게 움직일 수 없는 상태가 되어버린 것이다.

게다가 더 난처한 것이, 이런 상황이 되었는데도 나는 그녀를 정말로 사랑하는 게 아니라는 사실이었다. 그저 못난 독점욕과 애정을 뜯어 먹고 싶은 마음만 펄펄 끓고 있었다.

"그럼, 하나 질문해도 될까?"

"뭡니까?"

"사키가 누구야?"

나는 아연실색해서 가즈미 씨의 얼굴을 보았다. 왜, 어떻게 그녀가 이 이름을 알고 있는 것인지 나는 알 수 없었다.

섹스 이후 잠시 몸을 포개고 이야기한 적은 있지만, 설마 그 때 이야기를 했었던가.

동요하는 마음을 누르며 겨우 대답했다.

"이전 학교에서 가르친 학생이에요."

"어머, 그랬어?"

가즈미 씨는 뭔가를 잃어버린 듯한 표정을 지었다.

"네. 열 살짜리 여자아이. 반장이고 착실한 아이였어요."

그런데도 이미 앞과 뒤가 다른 면을 지닌 아이였다. 사람들이 없는 곳에서 나에게만 보여주는 얼굴을 가지고 있던 아이.

"뭐야. 몇 번이고 이름을 불렀는데. 그래서 연인의 이름이겠거니 했는데."

갑자기 마음이 산산조각 난 듯했다. 죽을 때까지 다른 사람에게 말하면 안 된다고 생각하고 있었는데, 지금 여기서 전부 털어놓고 싶다는 심정이 되었다.

"여자친구예요."

"뭐? 무슨 말…."

가즈미 씨의 얼굴이 경악으로 일그러졌다. 혐오스러움까지 드러내는 그녀의 표정을 본 순간, 마조히스트적인 쾌감마저 느껴졌다.

"결혼까지 약속했었어요."

아무려면 어때 하는 마음으로 나는 계속했다.

"그래서 교사를 그만두게 된 거고요."

맹세컨대, 사키의 몸에는 손가락 하나 손대지 않았다. 가볍게 머리에 손을 올린 적은 몇 번 있지만, 그뿐이었다. 그녀의 머리는 믿을 수 없을 정도로 부드럽고 매끈하게 내 손에 감겼고, 그것만으로 이미 정신이 혼미해질 정도였다.

가볍게 등에 손을 대거나 어깨를 두드리거나 하는 건 다른 학생들에게는 가능했지만, 사키에게는 할 수 없었다. 만지는 손길이 이미 다른 의미를 지니게 될 것임을 알았기 때문이다.

담임이 되기 전부터 귀여운 아이가 있다고 생각했었다.

사키는 초등학생치고는 어른스러운 얼굴을 하고 있었으며, 어딘가 어른 같은 여성스러움을 풍겼다. 다른 교직원들 사이에서도 그녀의 미소녀다움은 화제가 되고 있었다.

성적도 좋고, 운동도 잘했다. 학교 백일장이나 시에서 개최하는 카드대회에서 입상한 적도 있었다.

그러나 사키는 학생들 사이에서 항상 조금 눈에 띄었다.

우등생 여자아이들은 같이 어울리므로 이지메의 표적이 되지는 않았지만, 마치 초등학생들 무리에 중학생이 섞인 듯한 위화감을 만들어냈다. 초등학생들은 아마도 그녀의 고독을 알 수 없었을 것이다.

다만 이질적인 느낌은 그들도 감지했을 터였다. 사키와 같은 그룹의 여자아이들이 근처 문방구와 캐릭터숍에서 떠들며 물건을 고르는 것을 봤지만, 그 안에 사키는 없었다. 아마도 학교에 있을 때만 함께 어울리는 듯했다.

담임이 된 이후 사키는 급속도로 나에게 다가왔다.

방과 후, 교실에 남아 업무를 처리하노라면 그녀는 언제나 나를 지켜보고 있었다는 듯이 모습을 나타냈다. 내 탁자 앞 책상에 걸터앉아서, 양말 신은 발을 흔들거리며 어색한 이야기를 꺼냈다.

그리고, 나는 그녀를 사랑하게 되었다.

잘못된 일이라는 것은 물론 알고 있었다. 하지만 지금까지 교제했던 여자들, 좋아한다고 생각했던 여자들과의 관계가 모두 의미 없다고 여겨질 정도로 그 감정은 강력했다.

단언컨대 지금껏 성숙하지 않은 소녀를 성적 대상으로 떠올린 적은 없었다. 그런 비디오나 만화 같은 것조차 본 적이 없었다. 오히려 소아성애를 입에 올리는 사람들을 혐오했다. 나는 성적으로 평범한 사람이라고 생각했다.

그런데 그녀가 나를 보지 않으면, 그것만으로도 어찌할 바 모를 정도로 목이 타는 느낌이었다.

《여름으로 가는 문》에 나오는 냉동수면 장치가 부러웠다. 그 소설에 그려진 시대는 이미 지났는데도, 냉동수면 장치는 아직

발명되지 않았다.

그 장치 안에 들어가서 문을 닫고 10년간 잠을 잔다. 그렇게 하면 사키는 스무 살 어른 여자가 되어 누구의 눈치도 보지 않고, 안고 키스할 수 있게 될 것이다.

앞으로 6년만 참으면 된다고 생각한 적도 있었다. 6년만 기다리면 최악의 부도덕은 피할 수 있다. 부모의 허락을 받으면 결혼도 할 수 있다.

고작 6년이다. 몇 번이고 그렇게 반복했다. 이 부도덕함은 결코 한평생 부도덕인 채로 머물지 않는다. 6년을 기다리고 인내하면 세상에 내 열망을 드러내도 상관없게 된다. 그러나 그 때까지는 절대로 누구에게도 말하면 안 된다.

이 감정이 내 심신을 갉아먹게 되리라는 것은 알고 있었다. 부모들은 아무리 손끝 하나 건들지 않았다고 해도, 어린아이에게 그런 감정을 갖는 선생을 절대 용서하지 않을 터였다. 생각이 거기까지 미치면 모욕감이 들었다. 반드시 숨길 것이다. 누구에게도 알리지 않을 것이다.

정작 무서운 것은 나의 정체성이 소아성애자라는 사실이었다. 어른이 된 사키를 사랑하지 못하고 다시 다른 아이를 사랑하게 된다면, 그땐 나 자신을 받아들일 수 있을까. 영원히 욕망을 채우지 못하는 인물로 살아가면서, 사회에는 한없이 위험한 대상이 되고 말 것이다.

내가 사랑한 것은 어디까지나 사키다. 그녀라서 끌린 것이다, 나는 결코 아이만 좋아하는 사람이 아니다, 스스로 몇 번이나 주문을 걸었다.

사키는 자신이 사랑받고 있다는 사실을 알았을 것이다. 어느 날, 방과 후 교실에서 불쑥 내게 말했다.

"사키는 선생님이 좋아. 선생님 아내가 되고 싶어."

심장이 멈추는 듯했다. 그러면서도 기분이 좋아졌다.

"그래, 어른이 되면."

"선생님도 사키 좋아?"

목이 불에 덴 것처럼 말랐다. 물을 마시고 싶었다.

"좋아해. 선생님의 소중한 학생이니까."

그렇게 말하자 사키가 불만 가득한 얼굴로 변했다.

"선생님은, 사키가 착하니까 좋아하는 거죠?"

그래서 대답했다.

"그렇지 않아. 설령 나쁜 아이라도 선생님에게 무라카미는 소중한 아이란다."

사키의 눈이 놀란 듯 커졌다. 어쩌면 그런 말을 들은 게 처음일지도 모른다. 교육 현장에서 일하다 보면 잘 알게 된다. 부모도 교사도 '착한 아이가 되어야지.'라는 메시지를 계속해서 발신하고 있다는 것을. 그리고 이 메시지를 '착한 아이가 아니라면 난 존재가치가 없어.'라고 비틀어 받아들이는 아이도 정말 많다는 사실을.

"어엄청 나쁜 아이여도?"

"응, 어엄청 나쁜 아이여도."

사키는 갑자기 울상이 되었다. 사키의 머리를 만져버린 건 그때였다. 물기를 머금은 듯 촉촉하면서도 이상하리만치 가벼웠던 머리카락의 감촉은 평생 잊을 수 없을 것이다. 한동안은 천국에 있는 듯한 기분이었다.

기다리는 일은 고통스럽지 않다. 왜냐하면 이 사랑은 짝사랑이 아니기 때문에.

사키도 나를 좋아한다고 했다. 내가 그 아이를 만지면 비도덕적인 것이 되지만, 만지지 않는다면 순수한 사랑이지 않을까, 그렇게 믿으며 마음이 춤을 추었다. 내 발목 아래가 이미 붕괴하기 시작했다는 것도 모른 채.

내가 발을 잘못 짚은 것은 여름학교 때였다. 카메라를 좋아해서 사진을 취미 삼고 있던 나는 교장 선생님의 부탁을 받았다. 여름학교 동안 스냅사진을 찍어달라는….

나는 디지털카메라와 필름카메라를 들고 여름학교로 갔다. 주로 디지털카메라로 학생들의 사진을 찍고 가끔 필름카메라를 사용했다.

그것은 나의 아주 소소한 일탈 같은 것이었다. 디카로는 가능한 많은 학생을 찍었다. 데이터는 그대로 학교로 보낸다고 약속했기 때문에, 사키만 촬영할 수는 없었다.

나는 이전부터 사키의 사진을 찍고 싶은 욕망을 품고 있었다. 그녀의 아름다움은 지금 이 순간에도 조금씩 변화하고 있다, 그것을 어떻게 해서라도 남기고 싶었다.

다른 사람들은 내가 필름과 디지털카메라를 어떻게 사용하고 있는지 모를 것이다. 운이 좋아서 교사들 대부분이 카메라를 잘 모르는 것 같고, DSLR의 사용법조차 알지 못하는 듯했다.

그래서 필름카메라로는 사키만 찍었다.

사키의 옆얼굴, 사키의 미소, 그녀가 달리는 모습을 필름에 담았다. 나의 보물로 만들 작정이었다.

"물론, 신중하게 주의를 기울였죠. 그래서 현상을 할 때도 근처 현상소가 아니라 멀리 떨어져 있는 곳에 맡겼어요."

나는 마른 미소를 지으며, 지금까지의 일을 털어놓았다.

"그래도 나쁜 짓을 하면 안 되는 거였어요. 그 현상소에 사키의 큰아버지가 일하고 있었던 거죠. 많이 놀랐을 거예요, 큰아버지가. 자기 조카의 사진만, 그것도 모르는 남자가 필름을 들고 온 거니까요. 조사해 보니 그 남자가 사키의 담임교사였어요. 사키의 아버지도 그 사실을 알고는 경악했어요."

부모님이 무섭게 캐물으니 사키도 말할 수밖에 없었다. "선생님과 결혼을 약속했어."라고.

학교로 민원이 들어갔다. '결혼 약속'만이라면 농담으로 끝났을지도 모른다. 그러나 대량으로 촬영한 사진은 멀리서 봐도 소름 끼치는 일이었을 것이다. 나도 알고 있었다. 그럼에도 사진으로 남겨두고 싶은 마음을 억제하지 못했던 것뿐이다.

유일한 위안은 사키가 '선생님이 만지거나 이상한 일을 하지는 않았다'고 말해준 것이었다. 사키의 부모님은 '사키가 무서워서 솔직히 말하지 못하는 것'이라고 생각한 듯했다. 하지만 반 아이들에게 이야기를 들은 후 학교 측은 성적인 접촉 같은 건 아예 없었다는 사실을 믿어주었다.

교장 선생님은 나에게 말했다.

"저 사진들은 좋지 않았어. 구두 약속뿐이었다면 감싸줄 수도 있었는데…."

혹은 한두 장 정도였다면 빠져나올 수도 있었을 것이다. 나는 필름을 두 통씩이나 써가며 그녀를 사진에 담았다. 한 롤에 36장씩이니까 70장 이상이었다.

나는 그 사진을 돌려받지 못했다. 필름도 말이다.

렌즈 안의 사키는 너무나 귀여웠다. 그것을 떠올리면 지금도 가슴이 아려 온다. 필름만이라도 돌려주기를 바라는 것은, 어딘가 나의 감각이 고장나서일지도 모른다.

"무엇보다 고통스러웠던 것은, 사건 이후 사키의 태도가 돌변한 거예요. 부모에게 나에 대해서 이것저것 들어서 무서워진 것인지, 그냥 싫어진 것인지 모르지만…."

사건 이후 내가 학교를 그만둘 때까지, 사키의 눈은 너무나 차갑게 돌변해 있었다. 믿을 수 없는 어른을 보는 시선이었다.

교사를 하다 보면 그런 눈으로 쳐다보는 것에 익숙해진다. 아무리 성의를 가지고 아이들을 대해도 그 마음이 전해지지 않는 일은 일상다반사였다.

처음부터 잘못된 일이었을 것이다. 사진을 찍은 것만 잘못된 게 아니었다. 그녀에게 사랑을 느낀 것 자체가 잘못이었다. 그러나, 그럼에도 나는 제동을 걸어야 했다고 생각했다. 좀 더 빨리 브레이크를 밟았다면 이런 일은 없었을 텐데. 하지만 그게 어느 지점이어야 했는지 나는 도통 모르겠다.

갑자기 강한 팔이 나를 안았다.

가즈미 씨의 가느다란 팔 힘이 의외로 세다고 느끼는 동시에 내가 울고 있었다는 것을 알았다.

“적어도 준 군이 어린애만 좋아하는 사람이 아니라는 걸 내가 알고 있잖아.”

맞다. 그 점이야말로 이곳에서 나를 버티게 해준 유일한 구원이었다. 나보다 열다섯 살이나 많은 여성의 몸을 탐했다. 나아가 그 욕망에 집착하기 시작했다. 어쩌면 이것이 다시 엇나가는 길이라 할지라도.

그리고 그날 밤, 호텔에는 또 다른 비보가 전해졌다.

아오야기가 바이크 사고로 사망했다는.

5장

사람의 목숨은 늘 중한 것이라고 믿어왔다.

죽음은 인생 최대의 사건이자 슬픔이라고 생각했다. 그런데 계속해서 일어나는 죽음은 너무나 가벼웠고, 내 안에서는 공허한 소리가 울렸다.

가모우도 아오야기도, 나와 직접 이야기를 나눈 사이였다. 함께 웃었고, 그들에게 호감도 느꼈다. 그러니 슬퍼할 만도 한데 당혹스러운 마음만 스쳤다.

여행지의 같은 호텔에서 묵는 가벼운 관계였기 때문일까. 나는 아오야기가 어떤 삶을 살아왔는지 전혀 알지 못한다.

카메라가 그의 취미였는지 아니면 일이었는지. 일본에서도 저렇게 야행성이었는지, 정말 별 사진을 찍으려고 여기에 온 것인지, 여자친구는 있었는지….

지금까지는 누군가를 직접 대면해 알고 있다면, 다른 것들은 아무래도 상관없다고 여겼다. 상대의 직업이나 가족 구성, 취미나 경제력 같은 것으로 누군가를 판단하는 사람은 바보라고 믿어왔다.

그러나 결국은 그런 작은 정보로 우리는 타인을 읽어내곤 한다. 수입이나 직업만으로 판단하지는 않겠지만, 이런저런 여러 정보를 겹쳐 읽으면서 한 인간의 모습을 그려낸다.

아오야기의 죽음이 전해진 것은 심야의 전화를 통해서였다.

그는 이미 그날 저녁, 호텔 피베리에서 체크아웃한 뒤 힐로의 작은 호텔로 짐을 옮긴 터였다. 그러므로 호텔에는 아오야기의 물건이 남아 있지 않았다.

우리가 그의 죽음을 안 것은 다음날 아침이었다. 일어나서 1층으로 내려가니 초췌해진 얼굴의 가즈미 씨가 앉아 있었다.

"무슨 일 있습니까?"

"아오야기 군이 오토바이 사고가 나서…, 사망했대."

나는 숨을 죽였다. 고작 사흘 전에 가모우가 사망했는데. 연달아 일어나는 사고를 감당하기가 어려웠다.

"대체 어째서…."

"잘은 모르겠어. 심야에 새들 로드를 달리다가 가드레일에 부딪혔다고만 들었으니까."

새들 로드는 하와이섬을 가로지르는 유일한 길이었다. 도로 자체가 파도치듯 되어 있어서, 빈말로라도 좋은 길이라고 할 수가 없었다. 렌터카는 통행 불가라고 하니 사고가 잦은 곳이라는 의미였다.

오토바이는 자동차와 달라서 충돌하거나 미끄러지면 몸이 바로 도로바닥에 내팽개쳐진다. 고등학교 때 친구가 오토바이 사고로 목숨을 잃은 이후 나에게 오토바이는 그다지 인상이 좋지 않은 탈것이었다.

아오야기에게는 새들 로드를 달릴 이유가 있었다. 천체 관측소가 있는 마우나케아로 통하는 길은 새들 로드로 이어졌다.

가즈미 씨는 초췌한 얼굴로 스크램블에그를 만들기 시작했다. 조금 있으니 구와시마가 내려왔다. 이상한 공기를 감지한 그녀가 "무슨 일이에요?"라고 작은 목소리로 물었다.

"아오야기가 오토바이 사고가 나서…."

"어머, 그래서 많이 다쳤나요?"

"사망한 것 같아요."

"거짓말…."

그녀는 그렇게 말한 후 한동안 말을 잇지 못했다. 가즈미 씨가 나를 위해 구운 베이컨과 스크램블에그를 접시에 담아 주었다. 구운 스위트브레드도 곁들여서.

구와시마는 의자에 앉으면서 말했다.

"죄송해요. 저는 아침 안 먹을래요. 커피면 될 것 같아요…."

가즈미 씨가 구와시마의 얼굴을 바라다보았다.

"괜찮아요? 그럼 카페오레로 할래요?"

카페오레라면 약간의 칼로리와 단백질을 취할 수 있다. 가즈미 씨의 배려였다.

"죄송합니다. 부탁해요."

무거운 공기가 주변을 짓누르는 듯했다. 계속해서 사고가 일어났으니 당연한 일이었다. 불현듯 이상한 의혹이 일었다.

정말 사고일까? 한발 양보해서 가모우는 사고일지 모른다. 그런데 아오야기는?

만약 오토바이에 어떤 조작이 되어있었거나 그에게 수면제를 먹일 수 있다면, 사고로 가장하는 건 불가능하지 않았다. 내가 추리소설을 너무 많이 읽은 탓인지도 모르겠지만.

—기대해도 좋아. 곧 재미있는 걸 보게 될 테니까.

처음 만났을 때 그는 내게 말했다. 그러나 가모우가 죽고 난 후 아오야기는 '착각이었다'고 자신의 말을 번복하더니 도망치듯 이 호텔을 빠져나갔다. 그건 어쩌면, 자신에게 닥칠지 모를 모종의 위험을 감지했기 때문은 아닐까.

경찰은 어디까지 의심을 할 것인가. 여기는 일본이 아니다.

단순한 사고라고 판단해 버리면, 그 이상 파고들어 조사하지는 않겠지. 가모우 사고와 관련해 나는 경찰에게 질문조차 받지 않았다.

같은 호텔에 묵고 있던 외국인 여행자가 따로따로 사고를 당했다. 그냥 그뿐이라고 생각할지도 모르겠다.

아오야기가 무언가 알고 있었을지도 모른다고 말하면 경찰은 움직여 줄까. 잠시 그렇게 생각했지만, 그걸 파헤치는 일에 내가 직접 나서야 한다는 데 생각이 미치자 요동치던 마음이 다시금 가라앉았다.

일본어는 통할까. 영어로 내가 상황을 제대로 설명할 수 있을까. 게다가 그 일을 들춰냄으로써 이 호텔에 있는 사람들이 의심을 받게 된다면? 그래. 나의 의혹이 사실이라면, 이 호텔에 있는 사람이 아오야기를 죽였을지도 모르는 일이다.

사키모리나 구와시마, 요스케 씨와 가즈미 씨가….

"기자키 군, 안 먹어?"

가즈미 씨가 카페오레를 구와시마 앞에 놓으면서 물었을 때 나는 화들짝 놀라서 얼굴을 들었다. 나도 모르게 상상이 날개를 펴고 만 것이다.

"죄송합니다. 잠시 멍해져 있었나 봅니다."

식어버린 스크램블에그를 입으로 가져갔다. 함께 볶아준 양파가 달았다. 식욕을 느끼지도 못한 채 기계적으로 음식을 입에 가져갔지만, 놀랄 정도로 맛있었다.

느닷없이 나는 아직 살아있다는 자각이 들었다.

"기자키 군…."

구와시마가 이름을 불렀을 때, 내가 눈물을 흘리고 있다는 것을 깨달았다.

방으로 돌아와 침대에 누웠다. 졸린 건 아니라서 그저 멍하니 천장을 바라보고 있었다. 마음이 진정되지 않았다. 친구의 죽음이라면 끼리끼리 모여 이야기하거나 장례식에 가거나 하는 식으로 여러 단계를 거치며 그 죽음을 받아들일 수 있다. 하지만 가모우도 아오야기도, 이 나라에서 장례를 치르지는 않겠지.

아마도 둘의 시신은 일본에 있는 가족의 품으로 넘겨질 것이다. 그것이 언제가 될지는 모르지만, 나에게 이와 관련한 연락은 오지 않을 터였다. 문상이나 장례식은 살아있는 사람들을 위한 의식이라고들 말한다. 그 말의 의미가 다시금 이해되었다. 죽음을 애도하는 장례식이나 문상 같은 절차가 없다면, 어떻게 그 죽음을 받아들여야 할까? 깊은 구멍에 갑자기 빠진 듯한 결락감을 주체할 길이 없었다.

게다가 두 사람 다, 나는 그들의 시신을 보지 못했다.

잠시 몽상에 빠졌다. 이게 다 나를 속이기 위한 이벤트여서, 오늘 저녁 식사 때 아래층으로 내려가면 당연하다는 듯 두 사람이 앉아 있지는 않을까 하는….

하지만 아오야기는, 가모우를 비롯해 다른 투숙객과 사이좋게 지내지 않는 듯했다. 게다가 어떤 사람과든 그런 장난을 칠 것처럼 보이지도 않았다. 내가 이렇듯 몽상에 빠진 건, 너무나 갑작스럽게 이어진 두 사고를 현실로 받아들이기 힘들어서였다.

문 두드리는 소리가 났다. 일어나서 문을 여니 사키모리가

서 있었다. 가즈미 씨라고 생각했기 때문에 조금 실망했다.

"아오야기 이야기 들었어?"

태닝된 얼굴이지만 약간 창백해져 있었다.

"나나 짱 포함해서 잠시 이야기를 하고 싶은데, 괜찮을까?"

"내려갈까요?"

그렇게 말하니 그가 고개를 가로저었다.

"가즈미 씨에게는 알리고 싶지 않아. 내 방으로 가자."

둘이서 구와시마의 방 앞으로 가 노크했다. 다행히 그녀도 방에 있었다. 지금까지 그녀는 여기저기 돌아다니느라 분주했는데, 이런 사고가 이어지니 그녀 역시 돌아다닐 마음이 들지 않는 듯했다.

"이야기를 좀 하고 싶은데, 내 방으로 모이지 않을래?"

사키모리가 말하자 그녀는 고개를 끄덕이며 대꾸했다.

"좋은데…, 커피를 마시고 싶어요."

"내가 커피 내려올게요."

그렇게 말하며 나는 계단을 내려갔다. 가즈미 씨는 시장을 보러 갔는지 보이지 않았다.

피베리를 담아둔 통을 열어서, 콩을 그라인더에 갈았다. 둥글둥글하게 생긴 콩을 보며 가즈미 씨의 말을 떠올렸다.

—왠지 불쌍해 보이기도 해요. 다른 커피는 둘이서 하나가 되는데, 이 아이는 외롭게 혼자야.

사랑하는 것은 아니라고 생각하는데, 그녀의 한마디 한마디가 내 안에 머무르며 시끄럽게 떠들어댔다. 그녀의 말은 여러 가지 의미를 지니고 있었다.

그녀는 마치 커피콩을 의인화하듯 그렇게 말했다.

슬픈 것은 그녀일까, 아니면 나인가?

그녀는 요스케 씨의 이야기를 거의 하지 않았다. 그는 아침 일찍 호텔을 나선 후 저녁 늦게 돌아왔다. 그녀와 요스케 씨 사이에는 여전히 애정이 남아 있을까.

사랑이 있다면 나 같은 건 거들떠보지도 않았을 거야. 그렇게 믿고 싶은 마음이었다. 그녀가 유부녀인 걸 잘 알고, 요스케 씨에게서 그녀를 빼앗고 싶은 마음이 드는 것도 아니었다. 다만 훔쳐먹듯 서로를 원하는 것보다는, 서로가 외로워서 갈망하는 쪽이 낫지 않은가.

한편으로 다른 생각도 들었다. 가즈미 씨는 한 번도 요스케 씨를 흉본 적이 없었다. 그것은 흉볼 것이 없다는 의미는 아닐까. 내가 지금까지 좋아했던 여자들은 모두 나에게 직장 동료나 친구들의 불만을 털어놓았다. 그것을 들어주는 것이 애정의 증거라고 여기는 듯이.

사키조차 그랬다.

그녀가 책상에 걸터앉아 다리를 흔들며 이야기한 것은 아빠와 엄마에게 혼난 일이거나 싫어하는 영어교실에 대한 불만이었다. 나는 그 말을 언제나 행복한 마음으로 듣고 있었다.

분쇄한 콩을 커피메이커에 옮겨 담고 스위치를 올렸다.

생각해보니 연인 관계가 아닌 구와시마조차 그랬다. 나는 그녀가 안고 있는 불만과 아픔을 알고 있다.

하지만 가즈미 씨는 내게 아픔을 드러내지 않았다. 그녀가 밝고 너그러워서일까, 아니면 어른 여자이기 때문일까.

추출된 커피가 유리 서버 안에 떨어지기 시작했다.

안 좋은 징조였다. 나는 틀림없이 불안해하고 있었다.

가즈미 씨에게 조금 더 관심받고 싶은데 그러지 못해 초조해진 것이다. 그녀에게 20대의 나는 절실하게 소유하고 싶거나 귀중한 남자가 아닐지도 모른다. 나와 그녀의 나이 차는 나와 사키 사이보다도 많다. 내가 사키를 눈부시다고 생각하는 것처럼, 그녀도 내게 집착해주기를 바라고 있었다.

나 혼자만의 생각이라는 건 잘 알았다. 만약 정말로 그녀가 내게 집착한다면 나는 곧장 갑갑증을 느낄 터였다.

그런데 가즈미 씨가 눈앞에 있으면 나는 제멋대로 구는 아이처럼 변했다. 그녀의 마음에도 몸에도 권리를 지닌 듯한 기분에 빠져버렸다.

지금까지 내가 좋아하던 여자들에 대한 마음과 그녀를 대하는 마음은 전혀 달랐다. 적어도 지금 나는 내 감정이 표면에 드러나지 않도록 억제할 수 있었다. 그러다 언젠가 밸런스가 무너질지 모르는 일이지만.

커피가 다 내려져 서버에 가득했다. 그것을 포트에 넣고, 머그잔을 세 개 챙겨서 2층으로 올라갔다.

처음 들어가는 사키모리의 방은 조금 넓은 트윈룸이었다. 선홍색 짧은 보드가 벽에 세워져 있었다. 메탈릭 캐리어를 테이블처럼 두고, 우리는 둘러앉았다. 잠시 세 사람은 아무 말도 하지 않았다. 침묵을 끊어내듯 사키모리가 입을 열었다.

"앞으로 어떻게 할 생각이지?"

"어떻게 하다니요?"

"뭔가 무섭지 않아? 이 호텔에 있었던 사람이 연속으로 사고를 당했다는 게…. 여기에 계속 있어도 되는지 헷갈려서."

머그잔을 두 손으로 감싸고 있던 구와시마가 말했다.

"아오야기 씨는 나가려고 하다 사고를 당했어요."

사키모리는 얼굴을 찡그렸다.

"뭐야 뭐야, 나나 짱. 그런 무서운 말 하지 마."

그의 익살맞은 말투에도 구와시마는 웃음기조차 띠지 않았다. 사키모리는 한숨을 쉬었다.

"나도 말이야. 귀국일까지 앞으로 열흘 정도 남았어. 마지막으로 오아후에서 쇼핑을 하려고 생각하고 있어서, 슬슬 나가도 되거든."

나와 구와시마는 아직 2개월 이상 체류 기간이 남아 있었다.

가모우가 죽은 후, 가즈미 씨는 "나가도 괜찮아."라고 말했다. 그러므로 내가 나간다고 하더라도 그녀가 화를 내거나 하지는 않을 터였다.

"혹시 가모우 씨와 아오야기 씨 사이에 무슨 관계라도 있었나요?"

구와시마의 질문에 사키모리가 콧등을 긁적이며 대답했다.

"글쎄, 가모우한테 따로 들은 말은 없었어. 아오야기와는 손으로 꼽을 정도밖에 대화한 적이 없고."

나는 의문을 품고 있던 것을 물었다.

"사키모리 씨가 여기 도착했을 때, 이미 묵고 있던 손님은 가모우 씨밖에 없었나요?"

"응. 그때 마침 손님들이 다 나가서 가모우만 있었지."

"아오야기가 올 때까지는 두 사람만 있었던 거예요?"

"설마. 일주일 정도 체류하는 손님들도 몇 팀 있었어. 아오야기가 오기 전에도, 온 후에도."

방은 여섯 개. 가모우가 죽기 전까지 그중 다섯 개를 사용하고 있었다. 6실 중 2~3실만 차면 가동률이 너무 낮다.

가모우 사건이 없었다면, 또 한 팀의 손님이 들어왔을 거라는 이야기를 들었다.

"다만, 조금 신경 쓰이는 게 있었어."

사키모리가 다소 불안한 투로 머뭇거리며 입을 열었다. 말을 해도 좋을지 아닌지 고민하는 모습이 역력했다.

"뭔데요?"

"아오야기가 가모우를 피해 다니는 것 같았어."

"가모우 씨를요?"

반사적인 내 질문에 사키모리가 묵직하게 고개를 끄덕였다.

"밤에, 나와 둘이 만나면 이야기를 엄청 하는데, 가모우가 함께 있으면 요리조리 피한다고나 할까. 뭔가 가모우와 엮이고 싶지 않다고 생각하는 듯 보였어."

그러고 보니 아오야기는 나에게 편하게 말을 걸어왔다. 방에 들어가 사진도 보여주었다. 그저 이야기를 나누기에는 나쁘지 않은 상대였다.

"가모우랑 나는 꽤 자주 붙어 있었지…. 그래서 아오야기가 사람들과 어울리는 걸 원치 않는다고만 생각했는데, 그 자식 가모우가 죽고 난 후에는 언제 그랬냐는 듯이 1층에 모습을 나타냈잖아."

"아, 저도 그게 이상했어요. 아래층에서 본 적이 한 번도 없었는데, 가모우 씨가 죽은 다음에는 대낮부터 테이블에 앉아 있어서 놀랐어요. 그저 혼자 있는 게 무서웠었나 하고 내 맘대로 해석했었는데."

아오야기는 가모우와 아는 사이였던 걸까. 가모우는 이름도 주소도 가짜였다. 혹시 가모우에게는 알리고 싶지 않았던 무언가가 있었는데, 그것을 아오야기가 알게 되었다면….

설령 그렇다고 해도 가모우가 아오야기를 죽일 수는 없다. 그가 먼저 죽었으니까.

아니면 가모우가 죽기 전에 아오야기의 오토바이에 모종의 조작을 해놓았던 것일까.

황당무계한 생각이 꼬리에 꼬리를 물었다.

가모우가 아오야기의 오토바이에 어떤 조작을 하고, 뭔가 위험을 감지한 아오야기가 가모우를 풀에 밀어서 떨어뜨렸다면? 그러나 아오야기는 오토바이에 장착된 함정을 모른 채 그대로 운전하다가 사고를 내버렸을지도 모른다.

바보 같다. 나는 터무니없는 상상을 머리에서 떨쳐냈다.

그러나 아오야기가 무언가 알고 있었던 건 사실인 듯했다. 그가 나에게 던진 의미심장한 말이 이를 증명했다.

구와시마가 빈 잔을 캐리어 위에 두며 말했다.

"나는 여기에 계속 있을 거예요. 왠지 내 집처럼 느껴지기도 하고…."

그건 나 역시 마찬가지였다. 나가고 싶지 않다고 진심으로 생각하고 있었다.

정작 걱정스러운 것은 가즈미 씨였다. 아침에 만났을 때 너무도 초췌해진 얼굴을 하고 있었다. 그녀가 한동안 좀 쉬겠다고 말하지 않을까 내심 불안할 정도였다.

"나는 조금 더 생각해봐야겠어."

사키모리가 한숨 섞인 목소리로 말했다.

그로부터 5일간, 가즈미 씨는 내 방을 찾아오지 않았다.

호텔이 한동안 새로운 예약을 받지 않을 것이라는 이야기가 들렸다. 사고가 이어지면서 또 한 건 취소가 생긴 모양이었다. 물론 그것 때문만이 아니라, 사고 자체가 가즈미 씨를 지치게 했을 게 분명했다. 그녀를 달래주고 싶었지만, 그것조차 흑심을 품은 듯 보일 것 같아 먼발치에서 바라보는 것 외에는 달리 할 수 있는 게 없었다.

그날은 아침부터 보슬비가 내리고 있었다. 오전 중 늦은 시간, 나는 세탁물을 들고 내려갔다.

세탁기 앞에 가즈미 씨가 있었다. 드럼 세탁기에서 빨래를 마친 세탁물을 꺼내는 중이었다. 가즈미 씨가 전용으로 사용하는 세탁기도 다른 곳에 있지만, 세탁물이 많을 때는 동시에 이곳의 세탁기를 돌리기도 하는 듯했다.

"아, 미안. 다 끝났으니까 잠시만 기다려."

얇은 포도색 탱크톱과 오래된 듯한 청바지를 입은 평소의 모습이지만, 안 그래도 마른 몸이 더욱 말라보였다. 목 주변 쇄골이 아파 보일 정도였다.

신기했다. 처음에는 너무 말라서 야한 느낌도 없는 아줌마라고 생각했는데, 그 몸을 만져보았다는 것만으로, 너무 가는 허리와 드러나 있는 뼈와 탄 자국조차 사랑스럽게 느껴졌다. 아마 그 감정은 이 관계의 위험성과 가즈미 씨의 무심함으로 인해 더 강해지는 것이리라.

무의식중에 말해 버렸다.

"말랐네요. 잘 먹고 있는 겁니까."

그녀는 세탁물이 든 바구니를 들어 올리며 웃었다.

"고마워. 좋은 사람이네, 준 군."

배려를 배려로 돌려주니, 더는 할 말이 없었다. 결국 나는 그녀를 안는 것 외에는, 그녀를 위해 할 수 있는 게 없었다. 질척거리지 않고 기분 좋은 관계였는데, 갑자기 너무나 쓸쓸해졌다.

"매일 일하고 있잖아요. 가끔 어딘가로 외출하면 어때요?"

"가족경영 호텔이라는 걸 하다 보면 어쩔 수가 없어. 종업원을 고용할 정도로 여유가 있는 것도 아니고."

'내가 도와줄게요.'라고 말하려 했지만, 도움을 주자면 함께 외출도 할 수 없게 된다. 나는 가즈미 씨와 함께 드라이브와 식사를 하러 나가고 싶었다.

어쩌면 내 걱정은 배려를 가장한 자기만족인지도 몰랐다. 지금까지 다른 여자들에게 해줬던 어떤 것도 그녀에게는 해줄 수가 없다. 그런 걸 해준다고 해서 내게 어떤 권리가 생기는 건 아니지만, 나중에 그녀를 생각하며 마음이 아플 때 약간 도움이 될지도 모른다.

"점심이라도 먹으러 나가지 않을래요?"

밤에는 어렵다는 것을 알고 있으니, 점심이라도 좀 괜찮은 곳에서 함께 먹고 싶었다. 나에게도 그 정도 여유는 있었다.

그녀가 살짝 웃었다.

"고마워. 근데 괜찮아."

친절하게 바로 거절당해서 나는 다소 상처를 입었다.

"요스케 씨는 힐로에서 카페를 하고 있다고 했죠. 정기휴일 같은 거 없나요?"

그는 매일 외출한다. 낮에는 거의 집에 없다.

"아직 오픈한 지 얼마 되지 않아서 말이야. 조금 궤도에 올라서면 종업원을 구하든지 해서 쉴 수 있을지도 몰라."

그녀의 말투는 마치 다른 사람 안부를 들려주는 것처럼 들렸다. 요스케 씨에 대한 그녀의 애정이 느껴지지 않는 게 나 혼자만의 망상이 아닐지도 모른다는 생각이 들었다.

자연스레 입이 움직이고 있었다.

"일본에는 돌아갈 생각이 없나요?"

그녀는 놀란 듯 내 얼굴을 보았다.

"아마도…."

대답은 너무나 가벼웠다. 인생이 걸린 일인데, 저녁 메뉴에 관해 이야기하고 있는 듯했다.

나는 모르겠다. 어떻게 그리 쉽게 자기가 태어난 나라를 버릴 수 있는 건지. 이 섬은 분명 좋은 곳이고 여유롭게 지낼 수 있는 땅이지만, 뼈를 묻고 싶다는 생각은 들지 않는다.

"벌써 15년 정도 되는 것 같아. 나에게는 일본보다도 하와이 쪽이 더 내 집 같다는 생각이 들어."

그런 건가. 나는 납득할 수 없는 채로 그녀의 등을 바라보고만 있었다.

진짜로 묻고 싶었다. 앞으로 어떻게 하고 싶은지, 이런 일이 있어도 호텔을 계속할 것인지.

그리고 또 하나, 나를 어떻게 생각하는지.

물론 알고 있었다. 지금 나는 그녀에게 칭얼거리는 것이다. 연상이니까 엄마처럼 일방적인 애정을 받기를 원하고 있었다. 이 사실을 내가 잘 알고 있으므로, 하고 싶은 말이 입 밖으로 나오지 않았다.

그녀는 뒤를 돌아보지 않고 밖으로 나갔다. 목에 쓴 덩어리 하나가 걸린 듯한 느낌이 들었다.

요스케 씨가 힐로에서 운영하고 있다는 카페에 가보려고 마음먹은 것은 그에 대해 좀 더 알고 싶었기 때문이다. 사키모리에게 물어보니 장소는 금방 알 수 있었다. 가즈미 씨에게 다시 물어볼 필요도 없었다.

"오픈한 지 한 달 반 정도 되나. 전에 내가 갔을 때는 막 오픈해서 손님이 거의 없었는데 지금은 어떤지 모르겠네."

그 말을 듣고 조금 놀랐다.

"그럼, 그 카페를 하기 전에 요스케 씨는 무슨 일을 했나요. 호텔 일?"

사키모리가 어깨를 들썩였다.

"글쎄, 나야 모르지. 내가 여기에 왔을 때는 이미 오픈준비를 하느라 카페 일에 몰두하고 있었으니까."

그 전의 일을 아는 사람은 없다. 나에게 이곳을 알려준 스기시타라면 알고 있을지 모르겠지만, 일부러 전화로 물어볼 정도의 일은 아니었다.

사키모리는 생각났다는 듯이 손바닥을 부딪쳤다.

"참, 내일모레 체크아웃해. 빌렸던 책 돌려줄게."

"아, 나도 돌려줄게요."

그렇게 빠져 있던 《여름으로 가는 문》은 결국 다시 읽지 못했다. 냉동수면이 가능한 미래보다는 끝이 조금씩 다가오는 현실이 나에게는 중요해졌다.

"아니야. 그건 이 호텔에 두고 갈 생각이었으니까 안 돌려줘도 괜찮아. 가즈미 씨도 일본어 책이 고프다고 했으니까, 그녀에게 주면 될 것 같아. 어차피 짐이야."

내일 밤 가즈미 씨가 송별회를 열어준다는 이야기까지 하고 나서 나와 사키모리는 헤어졌다.

사키모리가 떠나면, 이 호텔에는 나와 구와시마 둘만 남는다. 분위기 메이커인 사키모리가 없어진다고 생각하니 마음이 조금 무거웠다. 조식은 시간을 엇갈리게 하면 괜찮겠지만, 저녁 식사도 그녀와 둘이서만 해야 한다.

힐로에 나가기 위해 자동차 열쇠를 빌렸다. 한 대밖에 없는 것을 보니, 구와시마가 이미 한 대를 타고 나간 모양이었다.

요스케 씨가 운영한다는 'WAMI'라는 이름의 카페는 힐로의 북쪽, 해안 가까운 곳에 있었다. 빌린 건지, 산 건지 모르지만 오래된 집이었다. 실내공사만 한 탓인지 보면 볼수록 촌스러운 외관이지만, 테라스에서는 야자수와 바다가 정면으로 보였다.

살펴보니 실내에는 지역주민 같은 사람들이 가득했다. 장사가 잘되는 듯했다. 나는 유일하게 비어 있는 테라스 자리에 앉았다. 덩치가 작고 통통한 현지 여성이 주문을 받으러 왔다. 메뉴를 보고 커피와 팬케이크를 주문했다.

폴리네시아계라고도 일본계라고도 할 수 없는 생김새를 한 젊은 여자였다. 탄력이 있어 보이는 가무잡잡한 피부, 미인은 아니지만 건강한 매력이 있었다.

카운터 안에서 요스케 씨가 융드립으로 커피를 내리고 있었다. 다시 돌아본 나는 놀랐다. 그는 호텔에서 만났을 때와는 전혀 다른 표정을 하고 있었다.

카운터에 앉아 있는 손님과 농담을 주고받으며 웃고, 아까 주문받던 여직원에게도 상냥하게 웃어 보였다. 호텔에 머물 때의 무뚝뚝함 같은 건 먼지만큼도 보이지 않았다.

서비스업이니까, 평소의 자신을 감추면서 친절하게 행동하는 거겠지. 그러나 서비스업이라면 호텔도 마찬가지잖아. 아무리 가즈미 씨가 호텔을 맡아서 운영한다고 해도 그 역시 전혀 상관없는 사람이 아니잖아.

저렇게 웃을 수 있는 사람이라면, 호텔에서도 그렇게 하면 좋을 텐데….

어쩌면 그는 호텔 일이 싫은 건지도 모른다. 이 카페는 자신의 가게니까 애착을 느껴서 열심히 손님을 맞이하지만, 호텔은 다르다고 생각하는지도 모른다. 그에게 호텔은 어디까지나 가즈미 씨의 것일지도 모른다.

그렇게 생각하니 그의 모습이 이해가 됐다.

아니면 이 부부의 관계는 이미 파탄 난 건지도 모른다.

헤어지면 가즈미 씨는 호텔을, 그리고 요스케 씨 이 카페를 경영하며 생계를 꾸리기로 했는지도 모른다. 결혼으로 취득한 영주권은 위장 결혼이 아니라면 이혼해도 박탈당하는 일은 없을 터였다. 가즈미 씨와 요스케 씨가 결혼한 건 벌써 10년 이상 되었을 테니까, 이혼한다고 하더라도 시끄럽게 따지는 일은 없을 것이다.

곧 헤어질 남남이라면, 요스케 씨가 호텔 손님들에게 친절할 필요도 없다. 이 가게가 잘 되면 자기 생활에도 문제는 없겠지.

커피와 팬케이크가 나왔다.

하와이에 지금까지 머물면서 밖에서 마시는 커피가 맛있다고 느낀 것은 손으로 꼽을 정도였다. 코나커피라고 하는 고급 커피의 원산지임에도 카페나 레스토랑에서 나오는 커피는 보리차처럼 연하거나 서버에서 오래 데워진 것들투성이였다.

고급 가게에 가면 상황이 다를지 모르지만, 남자 혼자 그런 곳에 갈 기회도 용기도 없었다.

서빙된 머그잔을 입으로 가져가던 나는 깜짝 놀랐다. 막 분쇄한 콩의 고소하고 향긋한 냄새가 코끝을 찔렀다.

뒤돌아 카운터를 보니 업무용 커피 그라인더가 있었다. 원두도 엄선해서 막 분쇄한 커피를 융드립으로 내리는 것 같았다.

이거라면 장사가 잘 되는 것도 당연하다.

나이프로 팬케이크를 잘라 먹었다. 짭짤한 생지는 분명 하와이식이었다. 하와이 사람들은 팬케이크를 좋아하지만, 버터와 메이플시럽을 듬뿍 뿌린 팬케이크에 베이컨을 올려서 먹는다. 처음에 그 조합을 보고 놀랐지만, 먹어보고는 이해했다. 생지 자체가 일본의 그것과는 달라서 조금 짭짤했다. 그래서 베이컨과 함께 먹으면 그다지 위화감이 들지 않는 것이다.

팬케이크의 크기도 하와이식이었다. 커피가 이렇게 맛있으니 지역주민이 즐겨 찾는 게 당연하다는 생각이 들었다.

팬케이크는 내게 조금 양이 많아서, 세 장 중 두 장을 먹을 때 이미 배가 불렀다.

조금 더 커피를 마시고 싶다고 생각하던 때였다. 커피 서버를 든 요스케 씨가 안에서 나왔다. 눈이 마주치고, 놀란 그가 나를 보며 웃었다.

"나쁜 사람이네. 먼저 아는 척을 해주면 좋았을 텐데."

카운터의 빈자리로 불려가 높은 스툴에 앉았다. 불편하고 엉덩이가 욱신거리는 듯했다. 나는 우연을 가장하며 적당히 둘러댔다. 늘 보던 얼굴과 다른 모습을 본 탓에 나는 더 불편해졌다.

요스케 씨는 커피를 더 내려서 내 잔에 따라주었다. 또 파인애플을 뚝뚝 썰어 유리그릇에 담더니 내 앞에 두었다.

"단골손님한테 받은 거예요. 서비스."

"감사합니다."

팬케이크로 입안이 달달해졌던 터라 상쾌한 과일이 반가웠다. 포크로 한입 넣으니 상큼한 주스가 입안 가득 퍼졌다.

요스케 씨는 다른 손님과는 영어로 말을 주고받았다. 발음은 분명히 일본식 영어인데 제대로 통하는 것 같았다. 나도 문법은 알고 있고 듣는 것까지는 할 수 있지만, 발음이 매끄럽지 않은 게 부끄러워 적극적으로 말하지 않았다. 그의 영어를 듣고 있자니 어학에서 중요한 것은 적극성이라는 말이 실감났다.

"좋은 가게 같아요."

그렇게 말하자 그가 기뻐하는 표정을 지었다.

"그렇죠?"

가까이서 마주하니 요스케 씨의 얼굴이 생각보다 젊어서 40대로도 보이지 않았다. 단순히 얼굴만 젊어 보이는 건지, 실제로 가즈미 씨가 연상인 건지.

마음을 먹고 물어보았다.

"호텔, 사고가 이어져서 힘드시겠어요."

그의 얼굴에서 웃음이 사라졌다. 순간 말하지 말 걸 생각했지만, 이미 늦었다.

"나는 상관없어. 호텔 일은 거의 하지 않고, 아무리 노력해도 사고는 늘 일어나니까. 그것이 이어져서 일어난 것뿐이라고 생각해. 그나저나 가즈미가 힘들어하고 있지."

가즈미라고, 존칭 없이 말했다. 당연하다는 것을 알면서도 괜히 불쾌했다.

"그건 저도 느끼고 있어요."

굳이 말하지 않아도 될 것을 말해버렸다. 그러나 그는 특별히 개의치 않는 모습이었다.

"수십 명씩 묵는 호텔도 아니고 장기체류 손님만 있는 곳이니까, 아무래도 가족 같은 마음이 들게 되죠. 일이라고 생각하면 좋은데, 가즈미는 그렇지 못하고 마음을 주는 것 같아서."

그는 조금 괴로운 듯한 말투로 말했다.

그러나 가즈미 씨의 성품이 호텔을 편한 곳으로 만들고 있는 것도 사실이었다. 불편할 정도가 아닌 배려와 적당한 거리감. 물론 식사도 맛있다.

갑자기 생각나서 물었다.

"그래서, 한 번만 예약할 수 있는 건가요?"

"한 번만?"

"호텔 피베리는 단 한 번만 예약할 수 있다고 들었습니다. 재방문 손님은 받지 않는다고."

어쩐지 요스케 씨가 놀란 표정을 짓는 듯했다. 그러나 한순간 스친 모습이어서 내가 잘못 본 건지도 모른다.

"어쩌면 깊이 관여하게 되는 인간관계가 싫어서 그렇게 하는 것인지도 모르지."

그의 말투로 판단컨대 단골을 받지 않는 것은 가즈미 씨의 의지인 듯했다. 조금 이상한 느낌이 들었다. 가즈미 씨가 그런 사람이라고는 여겨지지 않았다. 단골손님에 둘러싸여 웃는 쪽이 더 어울려 보였다.

—지나치게 긴 여름휴가는 사람의 마음을 좀먹는다.

스기시타로부터 들었던, 호텔 오너의 말이라고 했다. 왠지 모르게 그 말과 가즈미 씨와는 어울리지 않았다. 내가 그녀의 모든 것을 알고 있는 건 아니지만 말이다.

아무리 그래도 내가 호텔 피베리를 체크아웃하고 일본에 돌아갔다가 몇 개월 혹은 몇 년 뒤에 돌아온다면 그녀는 웃는 얼굴로 환영해 줄 것 같은 기분이었다. 밀치고 떠밀어 내쫓는 모습은 상상조차 할 수 없었다.

웅성웅성 여러 명의 손님이 들어왔다. 단골 같은 그들에게 요스케 씨가 영어로 인사를 했다. 나는 자리를 비워주기 위해 가게를 나가기로 했다. 아까 그 여직원에게 돈을 지불하고 스툴에서 일어나니 요스케 씨가 가볍게 손을 들어 나를 배웅했다.

차에 탄 뒤 시동을 걸면서 퍼뜩 깨달았다. 'WAMI'라는 카페 이름은 가즈미 씨의 이름을 한자음으로 읽은 게 아닌가. 그렇다면 두 부부관계는 식은 것이 아니다. 헤어질지도 모르는 아내의 이름을 오픈하는 가게에 붙이는 인간은 없다. 나는 액셀을 밟았다. 왜 그런 이유로 마음이 아파오는지 알 수 없었다.

돌아오는 길에, 내일 점심으로 먹기 위해 베이글과 크림치즈를 샀다. 산 것을 냉장고에 넣으려고 1층 다이닝 문을 열던 나는 깜짝 놀랐다.

테이블에 젊은 일본인 남자가 앉아 있었다. 피부가 하얗고, 귀하게 자란 듯한 얼굴을 하고 있었다. 새로운 투숙객인가 싶었는데, 그는 매우 심각한 표정이었다. 눈이 마주쳤는데도 미소조차 짓지 않았다.

나는 크림치즈를 냉장고에 넣었다. 가즈미 씨가 안에서 홍차 잔을 들고나와 그 남자 앞에 두었다.

"감사합니다."

짐짓 의연한 표정으로 그가 인사를 했다. 안쪽 방으로 들어가려는 가즈미 씨의 뒤를 따라갔다.

"누군가요?"

가즈미 씨는 작은 소리로 속삭였다.

"나나 짱 약혼자래."

"네에?"

나도 모르게 큰 소리가 나오는 바람에 손으로 입을 막았다. 구와시마는 그에게 행선지를 말하지 않았다고 했는데, 수소문 끝에 찾아내 그녀를 데려가려고 온 것일까?

"아무래도 언쟁이 날 것 같아."

가즈미 씨는 테이블 쪽을 보면서 작은 소리로 말했다.

"구와시마 씨, 핸드폰 갖고 있었던가요?"

아무것도 모른 채로 돌아와 얼굴을 마주하는 것보다는, 미리 알려주면 마음의 준비를 할 수 있으니 낫지 않을까. 그러나 가즈미 씨는 고개를 가로저었다.

"일본에 두고 왔다고 했어."

약혼자에게 말하지 않고 왔다고 하니, 분명 핸드폰 같은 것은 안 가져왔을 터이다. 착신 거부하는 것보다, 잃어버리고 왔다고 말하는 쪽이 나중에 시끄럽지 않으니까.

그렇다면 구와시마에게 알려줄 방법이 없다.

나는 가즈미 씨의 어깨너머로 그를 관찰했다.

나이는 나와 비슷해 보였다. 검은 눈이 크고 동안이며 착한 느낌의 얼굴. 핸섬하다기보다 느낌이 좋은 사람이라고 표현하는 것이 어울리는 타입이었다.

차가 호텔 쪽으로 들어오는 소리가 들렸다. 그가 얼굴을 들어 올렸다. 창으로 밖을 내다보니 구와시마가 차에서 내리는 게 보였다. 그녀는 그대로 계단을 올라가 자신의 방으로 들어갔다. 가즈미 씨가 나에게 말했다.

"나나 짱 불러올게."

가즈미 씨가 나가고, 나와 그 남자만 남겨졌다. 뭔가 말을 거는 게 좋을까 생각했지만, 아무 말도 떠오르지 않았다.

미네랄워터를 냉장고에서 꺼내 컵에 따르고 창가로 돌아왔다. 같은 테이블에 앉을 기분은 아니었다.

지금 내 방에 가는 게 좋을지도 모르겠다. 아수라장을 목격하는 것은 마음이 무겁다. 그러나 한발 늦었다. 문이 열리고 가즈미 씨가 구와시마와 방으로 들어왔다. 그가 일어났다.

"나나…."

구와시마가 눈을 깔고 중얼거리듯 말했다.

"사토시 군, 미안…."

그는 조용히 고개를 끄덕였다.

"괜찮아. 다 용서할게. 함께 일본으로 돌아가자."

아차차! 곧바로 느낌이 왔다.

그가 해야 할 말은 그게 아니었다.

구와시마는 얼굴을 들고 그를 똑바로 쳐다보았다.

"용서, 한다고…?"

"응, 그래. 화내지 않을게. 그러니까 준비해서 돌아가자. 우리 부모님께도 함께 사과하러 가자."

구와시마는 멍하니 그의 얼굴을 바라보다가 나지막이 입을 열었다.

"상관없어."

"응?"

"용서해 주지 않아도 상관없다고 말하는 거야."

그녀는 싸늘한 시선으로 남자를 바라보았다.

"무슨 말을 하는 거야."

"나는 지금 일본으로 돌아가지 않을 거야. 귀국 비행기는 이미 예약되어 있고, 그건 두 달 뒤야. 그러니까 사토시 군은 혼자 돌아가."

남자는 마치 다른 별에서 온 사람을 본 듯한 얼굴로 구와시마를 바라다보았다. 그러다 용기를 내듯 말했다.

"안 돼. 어서 돌아가야 해. 지금이라면 우리 부모님도 용서해 주실 거니까."

"그러니까…. 용서해 주지 않아도 된다고 지금 내가 말하고 있는 거잖아!"

금방이라도 울 것 같은 목소리로 구와시마가 소리쳤다.

나는 그녀에게 들어서 이미 알고 있었다. 구와시마는 그와 함께 잠시 생각해보고 싶었던 거다. 그가 그녀에게 당연하게 요구하는 것을 의심해보고, 그녀가 품고 있는 아픔을 이해한 후라면, 같은 결론을 향해 갈 수 있을지도 모르겠다고 했다.

결혼하는 것도, 그녀가 일을 그만둔 것도.

그러나 저 청년에게는 이해 불가한 일지도 모른다. 어차피 같은 결론에 도달하는 것이라면 굳이 따지고 의심할 필요조차 없다고 생각할지 모른다. 그녀가 결혼 전에 갑자기 모습을 감춘 것도, 그에게는 단순한 일탈로만 여겨질지 모른다. 하지만 그녀는 이해받고 싶었을 것이다. 가령 그것이 제멋대로 행해진 일이라 할지라도, 자신이 왜 그런 일을 벌였는지를 남자친구가 한 번이라도 숙고하고 이해해 주기를 바랐을 것이다.

한참을 침묵하던 남자가 겨우 입을 열어 떨리는 목소리로 물었다.

"결혼을…, 취소하겠다는 말인 거야?"

최악이다. 그 말을 그의 입에 올리면 안 되었다.

구와시마는 입꼬리를 올려 웃었다.

"그러네, 그렇게 될지도 모르겠네."

술에 취해 의식을 잃은 친구의 이야기를 구와시마로부터 들었다. 그 친구의 애인은 '여친을 용서하네 마네.' 하는 말 따위는 입에 담지도 않았을 것이다. 위험하다는 이유로 화를 냈을지는 모른다. 그러나 그것은 그녀를 걱정하는 차원이었다.

나 자신의 연애 위기는 모르면서 어째서 남의 일은 이렇듯 분명하게 보이는 것일까. 나는 어찌할 바를 몰라 하며, 엇갈리는 두 사람의 대화를 듣고 있었다.

두 사람은 살얼음판 위를 걷고 있었다. 한쪽이 만든 균열을 다른 한쪽이 짓밟으려 하고 있었다. 살살 깨지지 않게 걸어가지 않으면 안 되는데, 둘 다 얼음을 밟아서 깨버리면 산산조각이 날 수밖에 없는데….

"머리 식히고 다시 잘 생각해봐."

그의 말에 구와시마가 냉소를 지었다.

"다시 생각할 것 없어."

그리고 그녀는 자신의 손으로 사랑의 숨통을 완전히 끊었다.

"나 좋아하는 사람 생겼어."

청년이 돌아간 후, 구와시마는 자신의 방에서 나오지 않았다. 저녁 식사 시간에도 내려오지 않았다.

그때 막 키친에 온 사키모리도 이상한 공기를 감지했을 것이다. "무슨 일 있었어?"라고 묻길래, 구와시마의 약혼자가 왔었는데 싸우고 헤어졌다고 이야기를 들려주었다.

사키모리는 한숨을 쉬며 말했다.

"나나 짱같이 착한 여자는 세상에 별로 없는데. 억지로 끌고 가려 하지 말고 이야기를 들어주면 좋을 텐데. 그렇게 해서 잘 풀리는 경우도 있잖아."

의외로 그가 본질을 잘 짚어서 나는 놀랐다. 한량처럼만 보였는데, 배려할 줄 아는 사람이었나 보다.

"착한 여자의 남자친구는, 의외로 그 여자의 가치를 모르는 경우가 있지."

돼지고기 생강즙 구이와 마카로니 샐러드를 테이블에 두면서 가즈미 씨도 그렇게 말했다.

구와시마의 잘못이 전혀 없다고 생각하지는 않았다. 그녀 역시 이렇게 극단적인 행동을 하는 대신, 조금씩 불만을 토로하면서 차이를 좁혀갔다면 좋았을 텐데.

착한 아이로 살지 않으면 안 된다는 강박이 그녀를 점점 극단으로 몰아 인내심의 한계로 치달았는지도 모른다. 나도 비교적 모범생의 길을 걸어왔기 때문에 그 마음은 이해가 갔다.

가즈미 씨가 차를 따르며 말했다.

"그런데 나나 짱이 좋아한다는 사람이 누굴까?"

사키모리가 내 쪽을 봤고 나는 부랴부랴 해명했다.

"아, 저는 아니에요."

"그럴까? 나는 기자키 군이라고 생각하는데."

"응, 나도 그렇게 생각해."

가즈미 씨까지 그렇게 말했다.

돌이켜 보니 구와시마의 행동을 보고 있으면 사키모리는 아닌 것 같지만, 그렇다고 나라고 생각되지도 않았다. 나에게는 솔직하게 이야기를 종종 했지만, 그러나 그것뿐이었다. 좋은 분위기가 된 적도 없다.

"그냥 거짓말한 거 같은데요, 저는."

약혼자를 포기하게 만들기 위한 방편이었을 거라고 나는 생각했다.

"그렇다고 그런 거짓말까지 할까?"

가즈미 씨가 고개를 갸웃거렸다.

구와시마처럼 예쁜 여자에게 관심을 받고 있다고 생각하면, 기분이 나쁘지는 않았다. 그러나 나는 그녀가 의외로 복잡하고 불편한 여자라는 사실을 알고 있었다. 그래서 내 마음에 단단히 빗장을 걸었다.

아마도 이런 나의 감정을 구와시마가 알면 더 충격을 받을지도 몰랐다. 그녀는 착한 아이가 아닌 자신에게는 존재가치가 없을 거라며 고민하고 있었으니까.

가즈미 씨는 조금도 질투하는 듯한 기미를 보이지 않았다. 사키모리 앞이라 본심을 감추고 있는 거라 믿고 싶었지만, 나 같은 건 정말로 아무렇지 않은 듯한 모습이었다.

차 소리가 들리고, 창밖으로 라이트가 비쳤다.

요스케 씨가 돌아올 시간이 되어 있었다. 그걸 알아서인지 가즈미 씨가 웃었다. 누구에게 보이거나 누군가를 향한 것이 아닌, 자연스러운 미소였다.

가슴 안쪽이 따갑게 찔리듯 아팠다.

요스케 씨는 들어오더니 나와 사키모리에게 가볍게 목례를 하고는 바로 들어가 버렸다. 낮에 보았던 그와는 전혀 다른 사람이었다. 그가 사라지니 가즈미 씨가 곤란한 표정을 지으며 웃었다.

"미안해요. 항상 저 모양이어서…."

불쑥 이상하다는 생각이 들었다.

가즈미 씨는 낮시간의 요스케 씨를 알고 있는 것일까.

식사를 마치고 방으로 돌아왔다.

혼자가 되니 더 잘 알 것 같았다. 이곳의 밤은 언제나 불안할 정도로 조용하다.

음악이나 TV를 켜서 이 적막을 피할 수도 있지만, 언젠가부터 나는 무서울 정도로 조용한 이 적막에 친숙함을 느꼈다.

세상에 아무도 없는 것 같은 고독감은 결코 불쾌함만 있는 게 아니다. 왠지 모를 편안함을 동반하고 있었다.

아직 자고 싶지는 않지만, 아무것도 하지 않으면 아오야기와 가모우의 일만 떠올랐다. 책이라도 읽으려고 사키모리에게 돌려받은 책을 뒤적였다. 페이지를 넘기려고 하니 한 장의 종잇조각이 책 안에서 떨어졌다. 복사용지 같았다.

접힌 종이를 펼친 나는 미간을 좁혔다.

여권을 복사한 것이었다. 사진은 사키모리였다. 아마도 실수로 여기 끼워 넣은 듯했다.

여권을 복사하는 건 그리 드문 일이 아니다. 하와이에서는 신용카드로 시장을 볼 때 소액이라도 여권을 제시하는 경우가 많다. 여권 자체를 들고 다니는 것은 불안하니까, 대신 복사본을 들고 다닌다. 행여 여권을 분실했을 때에도 복사본이 있으면 재발행이 수월해진다.

내일이라도 사키모리에게 돌려줘야지. 그렇게 생각하며 종이를 다시 접으려고 했을 때, 내 눈은 어느 부분에 끌려 들어갔다.

이름 칸에 'HONDA TAKATARO'라고 쓰여 있었다. 사키모리 마코토라는, 내가 알고 있는 이름이 아니었다.

구와시마에게 들었다. 죽은 가모우가 이렇게 말했다고.

—이 호텔의 투숙객은 모두 거짓말을 하고 있다.

6장

어둠 속에서 나는 계속 생각했다.

사키모리가 가명을 사용하고 있다는 걸 안 지금, 그가 가모우와 전혀 상관없는 사이였다고 믿기 힘들게 되어버렸다. 나아가 어떤 것에도 구애받지 않은 듯 쿨하게 행동하던 사키모리의 실체도 더는 믿을 수 없는 상황이었다.

가명을 사용했다는 사실만으로 그가 가모우와 아오야기를 죽였다고 볼 수는 없었다. 타이밍이 부자연스러울 뿐 두 사람의 사인은 사고였다. 죽음 자체에 부자연스러움은 없었다.

하지만 왜 사키모리는 가명을 사용하는 것일까. 본명으로 투숙할 수 없는 이유가 무엇이었을까?

그에게 추궁하면 알 수 있을지 모르지만, 내면의 또 다른 내가 목소리를 냈다.

—얽히게 될 짓은 하지 마라.

이대로 내버려 두면, 내일모레 사키모리는 호텔을 떠날 터였다. 그리고 두 번 다시 만날 일은 없다.

만의 하나 사키모리가 살인자라 하더라도 아무것도 모르는 척 입 다물면 그만이었다. 설마하니 그가 나까지 죽이려 들지는 않겠지. 그러나 내가 그의 본명을 알고 있다는 것을 들킨다면…. 소름이 끼쳐서 벽 쪽을 향해 누웠다.

위험한 다리를 건널 이유는 없었다.

게다가 사키모리가 살인자가 아니라면, 가명을 사용하는 게 뭐 그리 대수인가. 공문서를 위조한 것도 아니고, 이름 정도 자기 마음대로 적는 건 별스러운 일이 아닐 수도 있었다.

어느 쪽이라 하더라도, 일부러 그에게 복사 여권을 보일 필요는 없다고 판단했다. 그래 봐야 쓸데없이 리스크만 커지고, 얻을 건 거의 없었다.

내가 가모우나 아오야기와 친하게 지내서 둘 중 누군가에게 우정을 느끼고 있었다면 또 모를까, 그들은 그저 같은 호텔에 체류하면서 몇 번 대화를 나눈 사이에 불과했다.

아오야기가 촬영한 별 사진이 생각났다.

별의 궤적이 필름에 찍힌 사진이었다. 가슴이 찡해졌다.

별이 지닌 밝은 빛도, 빛의 색감도 하늘을 올려다보았을 때보다도 더 명확하게 알 수 있었다. 이 섬의 별은 그저 하늘을 올려다보는 것만으로도 세상에서 가장 아름답다고 여겼는데,

아오야기에게는 그것만으론 부족했던 것 같다.

마우이케아에 가보고 싶었는데, 결국 못 갔다.

스키할 때라든가 오로라를 보러 갈 때처럼 장비를 준비해서 가야 한다고 들었기 때문에 주저하다가 그렇게 되고 말았다. 킬라우에아에 가서 심하게 감기에 걸렸기 때문이기도 했다.

그곳의 추위가 머리에 새겨져서, 아무래도 추운 곳으로는 발길이 향하지 않았다.

평지에 있는 한, 이 섬의 기후는 온난하고 생활하기 좋은 날씨였다. 아침저녁으로 쌀쌀하기는 하지만, 너무 덥거나 너무 춥지도 않았다. 이런 날씨에 익숙해져 버리면, 굳이 추운 곳에 가고 싶다는 생각은 안 들 것이다. 아직 시간은 많다고 생각했던 탓도 있다.

불쑥, 가고 싶은 곳은 빨리 가 두는 편이 좋을지도 모른다는 생각이 들었다.

내가 여기 온 지 아직 한 달도 지나지 않았다. 앞으로 두 달은 체류할 예정이다. 그런데도 심하게 가슴이 두근거렸다.

사고가 연이어 일어났기 때문인지 호텔에는 예약 전화도 걸려오지 않았다. 이대로라면 호텔을 유지할 수 없을지도 모른다. 나의 귀국편은 2개월 뒤고, 할인 티켓이어서 변경은 불가능했다. 그러나 이 호텔에서 나가라고 한다면, 다른 호텔을 찾으면서까지 이 섬에 더 머무르고 싶은 생각은 없었다.

항공권 자체는 10만 엔도 하지 않는다. 묵는 호텔에 따라 상황은 달라지겠지만, 체류를 중단하고 빨리 귀국하는 것이 싸게 먹힐 것은 분명했다.

노크 소리가 났다. 침대에서 끌려나오듯 일어났다. 사키모리가 여권 복사본을 끼운 채로 책을 돌려준 것을 알았나?

그러나 곧 마음을 가라앉혔다.

나는 모르는 척하면 되는 거였다. 복사본은 이미 아까 그 책에 넣어두었다. 게다가 돌려받은 책을 내가 바로 펼쳐 읽었으리라고 볼 수도 없으니까. 노크 소리가 이어졌다.

"기자키 군, 자요?"

들리는 목소리는 구와시마였다.

나는 당황해하면서 문을 향했다.

"아니. 아직, 안 자는데…."

"미안해요, 지금 잠깐 시간 어때요? 하고 싶은 이야기가 있어서."

문을 열었다. 울 카디건 섶을 여민 구와시마가 서 있었다. 그 아래에는 방에서 입는 듯한 원피스를 걸치고 있었다.

"어 그럼…, 어떻게 할까요. 아래층으로 내려갈까?"

방안에 들이면 흑심 있는 것처럼 보일 것 같다는 판단에 나는 그렇게 말했다.

구와시마가 웃으며 대꾸했다.

"다른 사람이 없는 곳에서 이야기하고 싶어요. 방에 들어가도 되나요?"

가슴이 콩닥거렸다.

"그, 그래요…."

문을 열자 그녀는 주저하지 않고 안으로 들어왔다.

—나 좋아하는 사람이 생겼어.

낮에 구와시마가 했던 말이 머릿속에 울려 퍼졌다.

설마, 단순한 자의식 과잉이다.

약혼자와 막 헤어진 후에 좋아하는 남자의 방에 찾아올 정도로 그녀가 방탕한 여자라고 생각하지 않았다. 내 방에 왔다는 것은, 내가 그녀의 남자 상대가 아니라는 증거였다.

어디 앉을까 망설이는 모습이었다. 그녀에게 의자를 권하고 나는 침대에 걸터앉았다.

"무슨 일 있어요?"

"사과하려고요…. 낮에는 미안했어요. 꼴불견이었죠."

"그런 거 신경 쓰지 말아요. 내가 어떤 피해를 본 것도 아니잖아요."

그녀는 시선을 아래로 떨궜다. 바닥 등의 오렌지빛이 그녀의 볼을 비췄다. 낮보다 예뻐 보였다.

그녀가 이야기를 이어서 하지 않으니, 내가 쓸데없이 우왕좌왕하며 억지로 밝은 소리를 내서 말했다.

"아까처럼 말하지 않아도 됐을 텐데, 그쵸?"

"네?"

구와시마는 놀란 얼굴로 내 쪽을 바라다보았다.

"아니, 그 사람요. 아까처럼 위에서 내려다보듯 말하지 말고, 구와시마 씨의 이야기를 들어주면 좋았을 거라고."

그녀는 앞으로 몸을 구부리며 손을 맞잡았다.

"기자키 군은 사람 이야기를 잘 들어주지요."

처음 듣는 말이라 나는 내심 놀랐다.

"언제든 끼어들어서 말하거나 하지 않고, 내가 말하는 것을 부정하지 않으면서 천천히 잘 들어줘요. 그리고 설교 같은 것도 하지 않고. 그런 남자, 보기 드물어요."

"아…, 그런가요?"

"네. 남자들, 제멋대로 나를 분석하고, 설교하고, 다 아는 것처럼 말하는 사람들이 너무 많아요. 그 사람만 그런 거라고는 생각 안 해…."

그녀는 한숨을 쉬듯 이야기를 멈추고는 쓸쓸하게 웃다가 계속했다.

"너무 늦게 깨달은 것 같아요. 나란 사람, 너무 둔해서."

"그렇지 않아요."

내가 아는 한, 그녀는 현명한 여자로 보였다. 무심하게 타인에게 상처를 주거나 풍파를 일으키는 일도 없으며, 제 하고 싶은 대로 말하지도 않았다.

그러나, 그렇기에 불만을 말하지 못해서 속에 맺힌 게 많은지도 모른다. 만약 그녀가 말하는 '둔함'이 그런 의미라면, 그녀가 무슨 말을 하려는 건지 알 듯했다.

"둔해요, 정말. 안 된다는 거 이미 알고 있었어요. 그런데 '싫어진 건 아니'라거나 '시간이 필요할 뿐'이라는 이유를 갖다 붙이면서 결론을 뒤로 미뤘던 거예요. 그 때문에 그에게도 폐를 끼쳤어요. 진작에 헤어졌으면, 약혼 파기 같은 불상사는 막았을 텐데…."

하지만 결단을 미루는 심리 속에는 '헤어지지 않겠다'는 마음도 포함돼 있지 않았을까. 남녀관계에서는 결단을 빨리하는 쪽이 무조건 좋은 것만도 아니다. 레스토랑에서 메뉴를 결정하는 일과는 다른 것이다.

나는 말하자면 늘 빨리 결정하는 편이었다.

고등학생 때 사귀던 어린 여자친구와도, 대학에 들어간 이후 사귀었던 연인들과도 전부 그랬다. 내가 먼저 헤어지자고 하지는 않았다. 다만 상대가 나에게 불만을 드러낼라치면, 어긋나는 관계를 바로잡거나 좁히기 위한 행동을 아예 하지 않았다.

한쪽이 포기한 관계는 쉽게 끝나버린다. 그녀들은 나의 그런 행동 때문에 실망하고, 나에게 이별을 통보했다. 내가 조금 더 인내하고 결단을 서두르지 않았다면, 사귀던 여자 중 한 명과 결혼했을지도 모른다. 모두 좋은 사람들이었다. 그랬다면, 사키를 보고 마음 흔들리는 일이 생겼더라도 나의 욕망을 잘 통제하며 교사 일을 계속하고 있을지도 모른다.

만약 평행우주라는 게 있어서 그런 인생을 사는 내가 있다면, 그쪽의 나는 지금의 나보다는 훨씬 희망적인 인생을 보내고 있을 것이다. 답답한 가슴을 부여잡고 잠 못 이루는 일도, 절망에 짓눌리는 일도 없이….

그런데 다시 생각해보면, 그런 인생은 기만에 차 있는 것으로밖에 여겨지지 않는다.

구와시마가 앞머리를 가볍게 쓸어올렸다.

"참 성가신 여자죠?"

그 질문에 나는 입을 다물었다. 그렇지 않다고 대답을 했어야 마땅하건만 적당한 말을 찾지 못했다. 구와시마가 소리를 내서 웃었다.

"기자키 군, 너무 솔직해."

"아, 미안. 미안해요."

"아니에요. 괜찮아요. 사실이니까."

"그게 말예요, 따지고 보면 우리는 다 성가신 사람들 아닌가요. 나 역시 그렇고요."

단순한 관광여행이 아니었다. 작은 섬에서 3개월. 오아후처럼 오락시설이 많은 것도 아니고, 있는 건 자연과 기분 좋은 기후와 하늘 가득한 별. 물론 골프 코스 같은 건 있는 듯하지만, 그런 거에는 관심조차 없었다. 구와시마는 손가락을 바꿔 다시 깍지를 끼며 이야기를 이어갔다.

"그래요. 가모우 씨도 아오야기 씨도 성가신 사람이었고, 한편으로는 마이웨이로 살아가는 듯한 사키모리 씨 역시 그 깊은 속내는 알 수 없으니…."

나는 고개를 끄덕이면서 무심함을 가장하고 물었다.

"왜 그렇게 생각해요?"

"사키모리 씨, 서핑하러 왔다고 하는데요, 서핑이라면 오아후나 다른 섬이 훨씬 좋잖아요. 하와이섬을 굳이 선택한 것부터 이상해요."

서핑 같은 거 나는 잘 모른다. 그러나 그녀가 그렇게 말한다면 그런 거겠지.

구와시마가 턱을 받치며 내 쪽을 봤다. 옆머리가 볼에 걸려서 귀여워 보였다. 나는 애써 감정을 자제하며 시선을 피했다.

"있잖아요, 기자키 군은 누군가를 진심으로 좋아해본 적 있어요?"

그때 내 머리에 떠오른 것은, 과거의 그녀들도 아니고 가즈미 씨도 아닌 사키의 얼굴이었다.

그 일을 알게 되면 나를 경멸하겠지. 그러나 누구도 사람의 마음을 들여다볼 수는 없다. 나는 사키를 잃고 일자리를 잃었고, 주변인들의 차가운 눈초리를 맞았다. 하지만 그럼에도 사키와의 추억을 가슴에 소중하게 간직하고 있었다. 그 누구에게도 방해받지 않고, 그 누구도 깨뜨릴 수 없는 추억이었다. 나는 대답했다.

"있어요."

"그 사람과 지금도 만나고 있어요?"

나는 고개를 가로저었다.

"아니, 아마 앞으로도 못 만날 거예요."

"로맨틱한 사랑이네요."

그럴지도 모르지. 사키에게 나는 이미 기억 저편으로 묻혀버렸을지 모른다. 그 아이에게 트라우마를 줄 수도 있는 행동을 하지 않은 것이 지금에 와서는 너무나 다행이었다.

어른이 되면, 어느 곳에서든 눈에 띄는 미인으로 변모한 사키는 다른 남자를 만나 결혼하겠지. 내가 사키의 인생에 관여하는 일은 두 번 다시 없을 것이다.

그것은 절망적이면서도 어딘가 달콤한 상상이었다.

그때 구와시마가 다리를 흔들면서 놀라운 말을 했다.

"그럼, 가즈미 씨는?"

아마 나는 얼빠진 얼굴이었을 것이다. 입을 다물지 못한 채 구와시마의 얼굴을 응시하며 우물거렸다.

"어째서…."

"어떻게 알고 있었냐고요? 모를 리가 없지요. 한 지붕 아래에 살고 있는데."

동요한 나는 시선을 피했다. 그렇다면 다른 사람들에게도 알려졌을 가능성이 있다. 어쩌면 요스케 씨에게도.

"기자키 군이 가즈미 씨만 바라보고 있는걸? 누구라도 그쯤은 알 수 있었을 거예요."

"내가요?"

그럴 리가…. 나는 가즈미 씨를 보지 않으려고 애써 노력한 적조차 없었다. 그렇다고 내가 줄곧 가즈미 씨를 보고 있었다는 구와시마의 말을 반박할 수도 없었다.

구와시마는 내 얼굴을 보지 않은 채 말을 이어갔다.

"가즈미 씨 좋아해요?"

"네."

자연스럽게 대답하는 나 자신이 놀라웠다.

거짓말을 하거나 적당히 말을 둘러댈 때 입안이 말라가는 듯한 느낌이 조금도 없었다. 그래서 알게 되었다. 내가 가즈미 씨에게 제대로 빠져 있다는 것을.

이 호텔을 떠나고 싶지 않은 것도, 이 호텔이 폐업한다는 말이 들려올까 걱정하는 것도 모두 다 그녀와 연결고리가 끊기는 것에 대한 두려움이었다. 그건 모든 게 끝난다는 의미니까.

영원히 함께할 수 없다는 것은 처음부터 알았다. 그러나 가능한 한 오래, 조금이라도 더 지금처럼 그녀와 관계를 이어가고 싶었다. 조금은 무심한 듯, 그러나 친절한 말들을 주고받으며 함께 있고 싶었다.

"앞으로 어떻게 할 거예요?"

"…, 글쎄요."

한심한 대답이지만 그게 솔직한 내 심정이었다. 그 이상 할 말이 없었다.

여행지에서 생긴 '러브 어페어'이니 당당하게 즐기다가 돌아가 잊어버리면 끝이라고 생각했다. 그런데 지금은 그렇게 생각하는 것만으로도 팔이 잘려나가는 듯, 심장이 저리고 아팠다. 잃고 싶지 않았다.

사키의 일은 분명 사랑이었다. 그러나 그것은 일방통행인 마음이었다.

사키는 나에게 시집오고 싶다고 말했고 그것만으로 나는 기분이 좋아졌지만, 한편으로는 그 약속이 아무런 무게감도 실효도 없다는 걸 잘 알고 있었다. '사키가 열여섯 살이 되면'이라고 되뇌었지만 그건 나의 허무한 희망일 뿐, 열여섯 살이 된 그녀가 나를 받아주리라는 보장이 없다는 사실도 잘 알았다.

10대 여자아이들은 믿을 수 없을 정도로 메타몰포시스한 변화를 보인다. 남자를 혼란스럽게 할 만큼 가파른 신체적 변형만을 의미하는 게 아니다. 마음도 놀랄 만큼 쉽게 바뀐다. 좋아 죽을 것처럼 누군가를 따라다니던 여자애가 어느 순간 돌변하는 일은 흔하다.

가즈미 씨와의 관계는 나에게 있어 처음 겪는 경험들뿐이었다. 눈치 봐야 할 일도, 신경 쓰고 배려해야 하는 일도 없이 그녀를 편안하게 안을 수 있었다.

사키의 일을 말해버린 대상도 그녀가 유일했다. 그녀는 순간 놀랐지만 나를 탓하거나 심한 혐오감을 드러내지 않았다. 그녀의 마른 가슴은, 풍만한 탄력은 없지만 부드러웠다. 그녀가 내게 강요하지 않는 친절함과 닮은 모습이었다.

그러나 결국 우리의 관계는 조용히 끝날 수밖에 없겠지.

그녀는 일본에 돌아가지 않을 거라고 말했다. 그렇다고 내가 여기에 남아 일자리를 찾는 것은 불가능했다. 거기까지 생각이 미친 나는 다시 한번 스스로에게 물었다.

—정말로 불가능할까?

곤란하긴 하지만 영 불가능하지는 않았다. 부족한 것이 있다면 나의 열정이었다. 나는 말했다.

"가즈미 씨에게는 요스케 씨가 있으니까…."

'WAMI'라는 가게 이름과 그 가게에서 보여준 붙임성 있는 요스케 씨의 친절한 얼굴. 내게 요스케 씨는 단순한 이름에서 실체를 가진 사람으로 바뀌고 있었다. 가게에 안 갔더라면 좋았을 텐데, 생각했다.

"가즈미 씨와 요스케 씨는 부부 같은 냄새가 안 나요. 부부 관계가 좋지 않은 것 같은데…."

구와시마의 말에 나는 놀랐다. 그 말은 나를 너무나 편안하게 해주는 속삭임처럼 들렸다. 그 말을 믿고 싶었다.

"그런가? 요스케 씨는 좋은 사람이에요."

"좋은 사람들끼리도, 잘 안 맞는 일은 얼마든지 있잖아요."

그렇지. 마음속으로는 구와시마의 말에 맞장구를 쳤다.

요스케 씨와 문제없이 잘 지내고 있다면 그녀가 나에게 손을 내미는 일 같은 건 하지 않았으리라. 내가 억지로 끌어당긴 것이라 할지라도, 관계를 강요한 건 아니었다.

"그녀는, 일본에 돌아갈 계획은 없다고 했어요."

"기자키 군이 '함께 돌아가자'고 했어요?"

나는 고개를 가로저었다.

"그렇게 말하지는 않았지만…. '돌아가지 않을 생각인가요?'라고 물었죠."

순간 구와시마의 눈길이 냉랭해졌다.

안심했다. 결국 나는 가즈미 씨에게 스쳐 간 인연으로 남을 것이다. 나 역시 그저 편하다는 이유로 가즈미 씨에게 칭얼거린 것뿐이다.

구와시마는 나를 한심하다고 여길 것이고, 당사자인 가즈미 씨 역시 그렇게 느낄 터였다. 그런 상황에서 '일본에 함께 돌아가는 것도 좋아.'라고 답할 수는 없겠지.

구와시마는 눈을 내리깐 채로 입을 열었다.

"기자키 군이 가즈미 씨를 포기했는지는 잘 모르겠지만, 가즈미 씨는 이미 포기했다고 생각해요…."

그럴지도 모른다. 그녀는 내게 어떤 기대도, 희망도, 희망 섞인 말도 원하지 않을 것이다.

아까 내 눈에 구와시마와 약혼자의 관계는 명확해 보였다. 두 사람의 운명을 가르는 한 마디까지 선명하게 들렸다. 마찬가지로 구와시마에게도 나와 가즈미 씨의 관계가 명확하게 보이는 듯했다. 우리가 빠져 있는 함정까지도.

단지 나는 가즈미 씨에게 무언가를 해주고 싶었다. 잠깐의 추억이나 희망 때문만은 아니었다. 그녀를 기억할 때 아픔과 죄의식만 느낄 것 같은 예감이 들어서였다.

구와시마는 의자에서 일어섰다.

"그럼 갈게요. 오늘 정말로 미안했어요. 이야기 들어줘서 고마워요."

"아, 아니…. 나는 아무것도…."

그녀는 가볍게 손을 흔들며 방에서 나갔다.

나는 침대에 앉은 채로, 닫힌 문을 하염없이 바라다보았다.

그날 새벽이 되어서야 나는 겨우 잠이 들었고, 그 탓에 점심이 지날 때까지 잠에 빠져 있었다.

노크 소리에 눈을 떴다. 잠자리를 정리할 틈도 없이 문이 열리고 가즈미 씨가 들어왔다.

"여태 자고 있었어?"

살짝 질책하는 어투였다. 가즈미 씨는 언제나 아침 6시에 일어나 일을 했다. 나 같은 건 너무나 게으른 사람으로 보이겠지.

"어디 아픈 거야? 괜찮아?"

"네. 괜찮아요. 이런저런 생각을 하다 보니 잠이 오지 않아서…, 그래서 늦잠을 자버렸어요."

"이런저런 일이 있었지. 시트 갈까? 청소도 오래 안 했는데."

"부탁드려도 될까요?"

그녀는 재빠르게 걸레 바구니와 청소기, 타월과 시트 등을 방으로 옮긴 후 욕실에 들어갔다. 물소리가 들리기 시작하고, 무언가를 닦는 소리와 정리하는 소리가 들려왔다. 어딘가 잠을 부르는 소리였다.

기억이 났다.

어릴 때 살던 곳이 방 두 개와 부엌이 있는 좁은 연립주택이었다. 엄마가 욕실 청소를 시작하면 얇은 벽 너머로 이런 소리가 들려오곤 했다.

그때로 시간을 돌릴 수만 있다면 얼마나 좋을까.

같은 실수는 두 번 다시 반복하지 않으리. 앞으로 다시는 나 자신에게 상처 주는 것에는 가까이 가지 않을 것이다. 사키와도 거리를 둘 것이고, 길을 벗어나는 짓 따위 하지 않을 것이다.

그러나 불현듯 깨닫고 말았다.

돌아가 제대로 사는 게 가능하려면 내 기억은 지금 이대로여야 하고, 아무리 잘 해나간다고 한들 내 안의 공허함은 그대로일 터였다. 반대로 기억이 사라진다면 같은 실수를 반복하지 않으리란 보장도 없었다.

공상 안에서도 세상은 내 뜻대로 되지 않았다.

정신을 차리니 가즈미 씨가 욕실에서 나와 침대 옆에 서 있었다. 참을 수 없는 충동에 이끌려 그녀에게 손을 뻗었다.

"오늘은 안 돼."

너무나 상냥하게 그녀가 내 손을 되돌려 주었다. 그래, 그녀의 거절은 언제나 이렇듯 친절했다. 어쩌면 받아들여 줄 때보다도 더….

“다른 중요한 일들이 있어. 아오야기 군 부모님이 오늘 오신다고 했거든.”

나는 놀라서 손을 재빨리 가져왔다. 그녀가 웃었다.

“시신을 인도해서 귀국할 거래. 사망 전까지 그가 묵던 방을 보고 싶다고 하셨어.”

그런 말을 듣고서 그녀에게 불손한 행동을 할 마음은 생기지 않았다. 그러나 그 죽음의 냄새가 내 등을 떠밀었다.

“가즈미 씨.”

“왜?”

익숙하게 베갯잇을 교체하는 그녀에게 말했다.

“나와 함께 일본으로 돌아가지 않을래요?”

그녀의 손이 순간 멈췄다.

“나는 당신을 잃고 싶지 않아요.”

거짓말도, 그냥 하는 말도 아니었다. 내 진심이었다. 사랑하고 있는지 아닌지는 모른다. 여행지에서 느끼는 순간적인 기분일지도 몰랐다.

그러나 나는 그녀를 잃고 싶지 않았다. 다시 뜯긴 상처 자국이 얼마나 아플지까지 생생하게 상상할 수 있었다. 나는 이제 더는 상처받고 싶지 않았다.

가즈미 씨가 아주 살짝 입꼬리를 올렸다.

“고마워. 기뻐.”

순간 기대했지만, 그녀는 고개를 가로저었다.

"그래도 안 돼. 미안해. 할 수 없어."

아, 역시나…. 세상 그 누구도 나를 진심으로 받아들여 주지 않는구나.

"요스케 씨가 있어서인가요?"

"응. 물론 이곳도 좋아하지만, 그게 가장 큰 이유야."

그렇다면, 왜 나에게 손을 뻗었는가. 왜 친절하게 나를 안아 준 것인가.

알고 있었다. 그녀는 결혼 약속으로 나를 속인 적인 없었다. 사랑을 속삭인 것도 아니다. 순간의 쾌락을 공유하고, 좋은 마음을 갖고 있었던 것은 나도 마찬가지이니 나만 상처를 받았다고 주장할 권리도 없었다.

자제력을 잃고 빠져든 건 나의 실수였다. 그러나 잘 할 수 있을 거라고 생각했다. 그녀도 상처받지 않게.

"시트 교체할 테니 침대에서 일어나."

그 말을 듣고, 얌전하게 일어났다. 그러나 다음 순간 너무 괴로워서 그녀를 뒤에서 꼭 안았다.

그녀는 이번에는 피하지 않았다.

그러나 잘 되어갈 때는 따뜻하고 부드럽게만 느껴지던 마른 몸이 뼈만 남아 앙상한 듯, 이상하리만치 아무 느낌이 없었다. 그래도 나는 그녀를 강하게 껴안았다. 그녀를 꼭 품고 있지 않으면 내가 산산조각 날 것 같았다.

"미안해, 준 군. 상처 줄 생각은 없었어."

이 말은 그녀의 본심일 것이다.

잘 대해 준 것도, 안아준 것도, 내 욕망을 받아주고 즐겁게 해준 것도 감사한 일일 뿐, 그녀를 원망해서는 안 되었다. 알고 있으면서도 마음이 말을 듣지 않았다.

어쩌면 내가 처음부터 애정을 언급하거나 허우적거리는 모습을 보이지 않았던 게 잘못인지도 모른다. 처음부터 우리 둘 사이에는 공범자의 공기만 흘렀다. 나는 한 번도 그녀를 사랑한다고 말하지 않았으며, 그녀도 그랬다. 어른들 사이의 질척거리지 않는 관계였다. 당사자인 나 역시 마찬가지였다.

하지만 사랑하면 안 된다고 말할 권리는 누구에게도 없었다.

가즈미 씨는 또다시 너무나 친절하게 내 손을 뿌리치려 했다.

"저기 준 군. 시간이 없어."

"알아요. 그래도 조금만요."

그 정도 내 작은 소원을 들어줘도 되지 않나요.

그 날은 결국 호텔 방에서 보냈다.

아오야기의 부모님이 온 건 알았다. 낯선 렌터카가 주차되어 있고, 가즈미 씨가 누군가와 이야기하는 소리가 들려왔다.

그들은 한 시간 정도 호텔에 머물다가 돌아갔다. 내가 불려가는 일도 없었고, 어떤 질문을 받는 일도 없었다.

만약 불려갔다면 이렇게 말하려고 했었다. '아오야기 군이

찍은 사진은 정말로 멋진 작품이었어요.'

그러다 곧 생각이 났다. 정작 해야 할 말은 따로 있다는 걸.

— 기대해도 좋아. 곧 재미있는 걸 보게 될 테니까.

— 잊어줘. 그건 내 착각이었어.

그 대화는 아무리 생각해도 이상했다. 아오야기의 부모님은 알고 계실까? 아오야기가 죽기 이틀 전에 이 호텔에서 다른 사람이 죽었고, 아직 그의 정체도 모른다는 것을. 가즈미 씨는 이런 사실들을 말했을까. 조금 생각해보던 나는 결론을 냈다.

내가 그녀라면 말하지 않을 것이다. 자기 호텔의 평판을 떨어뜨리기만 할 뿐, 안 그래도 의기소침해 있는 부모님께 이런 이야기를 해서 좋을 일은 없었다.

그러나 말해야 하는 게 옳지 않을까. 어떻게 생각해도 자연스럽지 않은 일이었다. 그런저런 생각에 빠져 있는데 차 나가는 소리가 들렸다. 아오야기의 부모님이 돌아간 것이다.

이것으로 아오야기와 나를 잇는 끈도 완전히 끊겨 버렸다.

그 날 저녁에는 사키모리 송별회가 있었다.

식탁에는 가즈미 씨가 온 마음을 담아 만든 요리가 계속해서 놓였다. 파이에 싸인 클램 차우더, 오븐에 구운 로스트 포크, 파스타는 미트소스와 앤초비 소스 두 가지였다. 캘리포니아 와인도 두 병 놓였다.

식후에는 수제 아이스크림도 준비되어 있다고 들었다.

그러고 보니 이렇게 숙박인들과 헤어지는 것은 처음이었다.

가모우도 아오야기도 사고사로 헤어졌다. 그들의 죽음이 뭔가 석연치 않다고 느꼈지만, 의구심을 강하게 제기할 만한 용기가 내게는 없었다. 게다가 둘의 죽음이 이상하다고 말하는 것은 누군가를 고발하는 행위이기도 했다. 내가 모르는 누군가의 소행일 가능성도 있지만, 이 호텔의 누군가가 저질렀을 가능성도 있다는 의구심 역시 강했다.

사키모리는 가명을 사용하고 있었다. 일단 그 문제를 들추어내면 두 사람의 죽음을 다시 한번 언급할 수밖에 없었다.

역시 아무것도 말하지 않고 끝내는 편이 좋을 것이다.

그런데 나는 마냥 즐거워 보이는 사키모리의 얼굴이 계속 신경 쓰였다. 사키모리는 의도적으로 선을 넘나들며 구와시마에게 추근댔고, 구와시마는 적당히 그의 장난을 받아주었다. 보통은 그다지 흥미도 없던 그 풍경이 내 마음을 사각사각 도려내는 것 같았다. 낮에 가즈미 씨에게 거절당한 것도 여전히 내 마음을 아프게 했다.

가즈미 씨가 미소지으며 계속해서 요리를 내오는 것도 화가 났다. 어린애 같은 감정이라는 걸 잘 알고 있었다. 그래서 겉으로 드러내지 않으려고 꾹, 참고 있었다. 그럼에도 어쩔 수 없이 버려진 그릇 같은 기분이 되어 갔다.

"가즈미 씨도 여기서 함께 드시지요. 요스케 씨, 아직 귀가 전인가 봐요."

사키모리가 재촉하니 가즈미 씨가 농염하게 웃었다.

"그러네. 나도 와인 마시고 싶어요. 이제 샐러드만 내면 되니까 기다려요."

화기애애한 공기를 향해 총을 쏘고 싶은 기분이 들었다.

평소 적극적으로 말하지 않아서인지 나의 불편한 마음은 아무에게도 들키지 않았다. 가즈미 씨조차 나의 행동에 관심을 보이지 않았다.

아까 그런 일이 있었으니 일부러 더 의식하지 않으려는지도 모르지만, 그 무관심이 나에 대해 사랑이 없음을 분명히 드러내는 것이라고 여겨져서 나의 분노 게이지는 높아지고 있었다.

결국 내게 진심으로 관심 가져주는 사람은 아무도 없는 것 같았다. 사키와의 관계 이후에도 그랬다. 친했던 동료들도 멀어졌다. 특히 동갑으로 학교 안에서 가장 사이가 좋다고 생각했던 여성 교사는 그 후로 한 번도 나와 눈을 마주치지 않았고, 퇴직할 때는 말도 걸지 않았다.

그녀에게는 애인이 있어서 연애감정 같은 것은 없었지만, 성별을 넘어선 우정을 느끼고 있었다. 그녀의 연애상담도 해주었고, 이런저런 불만을 토로하면 들어주기도 했다. 서로를 이해하고 있다고 생각했었다.

그런데 다른 사람도 아닌 그 동료가 마치 범죄자를 보는 듯한 시선으로 나를 바라볼 것이라고는 예견하지 못했다. 교류 기간이 짧은 교직원들의 경멸은 견딜 수 있었지만, 그녀의 날

선 시선 끝이 내 심장에 깊이 꽂혔다.

그러니까 나는 여러 번 같은 일을 반복하는 것이다. 누군가에게 받아들여지는 것 같은 마음이 되어 기뻐 날뛰다가 신나게 놀던 그곳에서 야멸차게 밀려나 버린다. 애정도 우정도 얕다. 강한 바람 한 번으로 멀리 날아가 버린다.

나는 로스트 포크에 나이프를 넣어 무심하게 잘랐다.

사키모리가 내 잔에 와인을 따랐다.

"좋겠어. 이제부터 너는 나나 짱과 가즈미 씨, 두 미녀에게 둘러싸여 생활하니까 말이야. 바꾸고 싶다."

나는 미소를 지으며 잔을 채워주어 고맙다고 인사했다.

"그러고 보니 사키모리 씨, 돌려준 책 안에 여권 복사본이 들어있었어요. 나중에 돌려 드릴게요."

사키모리의 얼굴이 얼어붙었다. 입은 반쯤 열린 채였다. 아무렇게나 되라는 마음으로 나는 이어 말했다.

"사키모리 씨는 본명이 아니었나 봐요. 처음엔 누구 여권인가 했거든요."

이번에는 가즈미 씨와 구와시마의 표정이 굳어졌다. 단지 가명을 사용한 것이라면 가모우도 마찬가지였다. 하지만 지금 이 상황에서는 누구든 뭔가 있을 거라고 생각할 게 틀림없었다.

사키모리는 곧 미소를 되찾으며 항복의 제스처로 양손을 들어 보였다.

"기자키 군, 의외로 성격이 나쁜걸. 조용히 알려주면 좋았을 텐데….”

“네? 그게 비밀이었나요?”

나는 짐짓 모르는 척을 했다. 나쁜 건 거짓말한 쪽이다.

가즈미 씨는 심각한 얼굴이었다. 당연하지 않은가. 가모우 일이 있은 지 얼마 지나지 않은 상황에서 마냥 웃어넘길 일이 아니었다. 가즈미 씨가 물었다.

“사키모리 씨, 왜 그랬어요?”

사키모리는 잔을 꼬옥 쥐었다.

“별다른 의미는 없어요…. 뭐, 단순한 일탈이랄까. 체크인할 때 여권을 확인받았다면 말할 생각이었는데.”

한번 식은 분위기를 돌이킬 수는 없었다. 사키모리는 한숨을 쉬면서 머리를 긁적거렸다.

“사키모리 마코토는 제 필명이에요. 실은 제가 지금 소설을 쓰고 있어요.”

“작가님이에요?”

구와시마가 놀라워하며 물었다. 프리랜서 작가라고 그는 전에도 말한 적이 있다.

“아니, 작가 지망생. 여기 온 것도 방안에 틀어박혀서 소설을 쓸 생각이었는데…. 그러자니 필명으로 불리면 좋겠다는 생각이 들었거든. 단지 그뿐이었는데.”

가즈미 씨가 애써 웃음을 지어 보였다.

“그래서? 소설은 썼어요?”

"아니요, 안 되더라고요. 날씨가 좋으면 나가서 서핑하고 싶어지고…. 그러다 보면 저녁에는 피곤해지고. 여기 있는 동안에 장편을 하나 완성해 '화려하게 데뷔'하는 걸 꿈꿨는데, 생각대로 되지는 않더라고요."

가즈미 씨는 가명을 사용한 것에 대해서는 더는 캐묻지 않기로 마음먹은 듯했다.

"여기처럼 기후가 좋은 곳에서는 소설 같은 걸 쓸 마음이 들지 않지 않을까?"

"아뇨. 가쓰오가 포르투갈 바닷가 시골 마을에서 《불타는 집의 사람》을 쓴 것 같은 이미지를 상상하고 있었는데 말이죠."

나도 모르게 말해 버렸다.

"《불타는 집의 사람》은 유작이 아니었나요?"

"아, 생각해보니 그렇네. 일본에서 할 수 없는 것을 여기에 와서 하려고 한 것 자체가 무리였어. 지금은 그렇게 생각해요."

그렇게 말하던 사키모리는 서둘러서 덧붙였다.

"이름은 필명을 사용했지만, 연락처는 제대로 제 주소와 본가를 적었다고요."

구와시마가 가즈미 씨에게 물었다.

"가모우 씨에 대해서는 아직 아무것도 모르나요?"

가즈미 씨는 끄덕였다.

"일단 호놀룰루 일본영사관에는 연락을 해두었는데…, 일본에서는 아직 연락이 없나 봐."

가모우가 말하던 대로 일본에서 가게를 경영하고 있는 게 맞는다면, 귀국이 늦어질 경우 누군가 연락을 해 올 것이 분명하다. 그의 존재는 마치 공중에 사라진 듯한 느낌이었다. 여기에 있는 사람들은 그의 죽음을 알고 있지만, 그의 이름조차 모른다. 그의 이름을 알고 있는 사람들은 그의 죽음을 모른다.

어쩌면 어디로 가는지, 언제 돌아오는지 등도 알리지 않고 떠나온 것일까? 하지만 그것도 이상한 느낌이 든다.

나처럼 일도 없고 친구도 거의 없는 인간에게조차, 걱정하는 가족은 있다. 시골 부모님 집에는 명절에만 찾아가는 인간이지만, 그럼에도 한 달에 한 번 정도 전화를 건다. 하와이에 가는 것이나 이 호텔 연락처 정도는 부모님께 알려두었다.

사키모리는 후유, 하며 한숨을 쉬었다.

"역시 다 들키게 되어 있구나. 오히려 후련해졌어. 나중에 가명이었다고 밝혀지는 것보단 이쪽이 낫지."

자신의 잔에 와인을 따르며 그가 이야기를 계속했다.

"얼마 전까지는 알려져도 웃어넘길 이야기라고 생각했기 때문에 별로 신경 쓰지 않았는데, 가모우 일이 벌어진 뒤에는 위가 아파질 정도였거든. 가벼운 마음으로 한 일인데 혹여 나도 사고가 나서 죽으면, 수수께끼의 인간이 되어버리는 건 아닐까 계속 생각했었거든. 오히려 들통나서 잘 된 것 같네."

여태 건들거리기만 하던 그가 사뭇 진지하게 이야기를 이어갔다.

"이 호텔에는 이제 묵을 수 없지만, 일본에서는 기자키 군과 나나 짱을 만날 가능성이 있으니까."

구와시마가 씨익 웃었다.

"소설가 데뷔해서, 깜짝 놀라게 해주세요."

"오오, 나나 짱. 응원해주는 거야? 기분 좋은걸."

갑자기 가즈미 씨가 등을 폈다.

"실은 사키모리 씨가 체크아웃하고 나면 말하려 했는데, 이렇게 됐으니 그냥 말할게."

"아니 뭐죠? 내 흉보는 건가?"

당황한 듯한 사키모리에게 가즈미 씨가 미소지어 보였다.

"빙고! 는 아니고."

"뭐예요. 놀래키지 마세요. 안 그래도 이미 좀 기죽어 있었잖아요."

사키모리는 신경 쓰지 않는 듯, 가즈미 씨가 나와 구와시마의 얼굴을 번갈아 보았다.

"호텔을 접으려고 해."

"네?"

나와 구와시마가 동시에 소리를 질렀다.

"왜요? 안 돼요. 아직 두 달이나 남았는데…."

구와시마가 자리에서 일어나며 항의를 했다.

"응, 알고 있어요. 미안해요. 그러니까 나나 짱과 준 군이 다음 숙소를 결정할 때까지는 계속 있어도 상관없어."

“그럼, 저는 숙소 안 찾을래요. 계속 여기 있을 거예요.”

그렇게 떼를 쓰는 구와시마에게 가즈미 씨는 희미하게 웃어 보이며 말했다.

“그렇게 말하면 곤란해…. 솔직히 이제 몸이 너무 힘들어.”

구와시마는 힘 빠진 얼굴이 되었다.

“가모우 씨와 아오야기 군 일이 생각보다 힘들었나 봐. 밤에는 잠도 오지 않고 그 두 사람의 얼굴만 머리에 떠오르고. 특히 가모우 씨는 내가 호텔에만 머물렀어도 구할 수 있었을 것 같고. 그런 생각만 계속하게 되더라고.”

구와시마는 철퍼덕 의자에 앉았다.

“죄송해요…. 저만 생각해서.”

“아니야. 앞으로 2개월 예약 기간이 남았으니 나나 짱이 그렇게 말하는 것도 당연하지. 이거는 내 맘대로 결정한 거잖아.”

가즈미 씨는 눈을 아래로 떨군 채 이야기를 이어갔다.

“그래도 내가 갑자기 쓰러지거나 잠만 자거나 하면, 호텔 업무 자체가 마비되어서 두 사람에게도 민폐를 끼치게 되잖아. 그래서 생각한 거야. 게다가 전에는 요스케와 함께 호텔을 운영했지만, 이제 요스케는 카페 일이 바빠져서 내가 쓰러지면 호텔 일상업무가 멈춰버리고 마니까.”

“나…, 이 호텔과 가즈미 씨가 너무 좋아요. 그래서 좀 충격이고…. 그래도 건강이 나빠지면 안 되니까 어쩔 수 없는 일이겠지요.”

"나나 짱이 그렇게 말해줘서 너무 고마워."

구와시마는 자신에게 들려주듯 말을 이어갔다.

"사토시 군 일도 있었고, 나는 아직 일본에 돌아갈 마음이 없어요. 그래도 그런 사정이라면 알겠어요. 내일부터 다른 호텔을 찾아볼게요. 그러니까 조금만 더 여기에 머물게 해주세요."

"물론이지. 천천히, 차분하게 좋은 곳을 찾아주면 돼요."

가즈미 씨는 그렇게 말한 다음, 내 쪽을 봤다.

"준 군은?"

나는 옅은 웃음을 띄웠다.

"저요? 저는 뭐 어느 쪽이든…."

내 마음을 거절한 것에 그치지 않고 이제 그녀는 내가 곁에 머무는 것조차 거부하려 들고 있었다. 이 상황이 내게는 그렇게밖에 보이지 않았다. 호텔을 닫는 것도 그 때문이리라….

내가 선을 넘어 함께 일본에 가자고 말해서, 가즈미 씨는 호텔을 닫겠다고 말한 것이다. 가모우 일로 잠을 못 잔다는 말도 분명 핑계일 거였다. 지금까지 그런 말은 한마디도 하지 않았다.

감정이 그렇듯 섬세한 여성이, 남편을 두고도 호텔 손님과 애정도 없이 잠자리를 할 수 있겠는가. 게다가 내가 어렵사리 생각을 고백한 날 호텔을 닫을 예정이므로 나가라고 말하다니. 이런 기막힌 타이밍이 또 있겠는가.

지금 이 호텔에는 나와 구와시마만 체류하고 있었다.

내가 집요하게 들러붙을 것 같으니 구와시마와 나를 쫓아내고, 이후 주변을 정리해 영업을 재개하려는 거겠지. 요스케 씨의 카페는 잘 되고 있으니 생계에는 문제가 없을 것이다.

머리가 지끈지끈 아파왔다. 다시 감기에 걸린 건지도 모르겠다. 오히려 잘된 일인지도 모른다. 고열이 나서 아프면, 가즈미 씨도 자신이 한 일을 조금은 후회할 테니까. 쇠약해져서 죽어버려도 상관없다는 심정이었다. 어차피 일본에 돌아가도 나를 기다려주는 사람은 없었다.

그렇게 생각하고 열을 재보니 체온계 숫자는 정상을 가리키고 있었다. 맥 빠지는 결과였다.

그녀에게 버려지면서까지 이 섬에 머무를 이유는 없었다. 그러나 돌아가도 나는 무의미하게 일상을 살아갈 뿐, 무엇이든 잘 해낼 것 같은 생각은 들지 않았다.

상처를 치유하기 위해 이 섬에 왔는데, 나는 또 다른 상처를 새기고 말았다.

냉정하게 따지자면 내가 집착할 만큼의 여자는 아니었다. 이미 아줌마인 데다 미인도, 글래머도 아니었다. 자유분방하고 열정적인 몸은 한순간 정신을 아득하게 만들 정도로 매력적이지만, 그저 그뿐이었다.

만약 손을 내밀 수조차 없을 만큼 젊고 아름다운 여성에게 차였다면, 그럭저럭 받아들일 수 있었다. 한데 가즈미 씨조차 나를 사랑하지 않는다면, 대체 누가 나를 안아줄 수 있다는 말인가. 절망적인 생각이 나를 궁지로 몰아붙였다.

어떻게 하면 이 막다른 길에서 벗어날 수 있을까.

다음날, 나는 차를 타고 힐로 마을로 향했다.

조수석에 둔 백팩에는 이 섬에 온 이후 만질 일이 없었던 노트북이 들어있었다.

오늘 아침, 가이드북에서 와이파이가 있는 카페를 찾아냈다. 거기에 가서 지금부터 어떻게 할 것인지 알아볼 작정이었다.

솔직히 호텔에서 쫓겨난다는 말부터 납득이 가지 않았다. 그러나 주저앉으려고 해도 결국에는 내쫓길 터였다. 가즈미 씨가 차가운 태도로 대하는 것을 내가 더 견뎌낼 수 있을지도 자신이 없었다.

어느 쪽이든, 앞으로의 방향을 결정하지 않으면 안 되었다.

혹시 호텔 피베리 인근 힐로 마을에 저렴한 호텔이 있다면 그곳으로 옮기고 싶었다. 잠깐이라도 거리를 두면, 가즈미 씨도 내가 없는 자리의 헛헛함을 느끼며 나를 그리워할지 모른다. 그리고 나 역시 머리를 식히고 좀 차분해지면, 두 사람이 솔직한 마음으로 다시 만날 수도 있지 않을까.

조식 시간에 이야기한 내용에 따르면 구와시마는 호놀룰루로 옮기는 것을 고려하고 있는 듯했다. 구와시마를 따라가는 게 한심해 보이기는 하지만 그것도 나쁘지는 않을 것 같았다.

호놀룰루에는 숙박시설이 많이 있고, 장기체류형 콘도도 많다. 돈이 더 들겠지만, 해변에서 금발 미녀들의 비키니를 즐기다 보면 콩깍지가 벗겨진 듯한 가즈미 씨의 존재가 아무것도 아니게 될지도 모른다. 하지만 어떤 것을 생각해도 내 마음은 어느새 가즈미 씨에게로 돌아왔다.

카페에서 노트북을 열고 인터넷에 접속했다. 한 달 접속하지 않은 사이 메일함에 천 통 가까운 메일이 쌓여 있었다. 대부분 홍보 메일이거나 스팸이고, 꼭 봐야 하는 이메일은 거의 없었다. 일본에 있을 때는 하루에 몇 번이고 메일을 확인했다. 그걸 한 달이나 방치했는데도 아무 문제도 일어나지 않았다.

내 인생 같구나. 중요한 것은 조금 밖에 없는데, 그 중요한 것마저 손가락 사이로 다 빠져나가 버리고 마는 인생.

스기시타로부터 두 통의 안부 메일이 와 있었다.

곧장 답장을 썼다. 사람이 사망하는 사고가 있었고, 호텔 피베리가 문을 닫는다는 것, 그리고 앞으로 어떻게 할지 고민하고 있다는 내용을 적어서 보냈다.

이제 새로운 숙소를 찾아보기로 했다.

그러나 타이밍도 최악이었다. 곧 크리스마스 시즌이 되는 모양이다. 저렴한 가격의 숙박시설은 거의 모두 장기예약이 불가능했다. 호놀룰루의 콘도라면 아직 비어 있지만, 가격이 상상 이상으로 비쌌다.

결국 나는 어느 곳도 예약하지 못한 채 검색을 종료했다.

노트북을 끄기 전에 마지막으로 한 번 더 이메일을 확인했다. 그 짧은 사이에 스기시타가 답장을 했다.

'연락이 안 돼서 걱정을 했었는데, 무사해서 다행이다. 피베리의 일은 유감이지만. 실은 나도 곧 하와이로 가려고 생각하고 있어. 카일루아 코나 호텔에 묵을 건데, 만나지 않을래?'

용건만 적은 짧은 메일이었지만 눈물이 날 만큼 기뻤다.

아직 나를 걱정해 주는 인간이 있었다.

카일루아 코나는 하와이섬 서부해안, 힐로의 정반대 쪽에 있었다. 그렇게 긴 드라이브는 한 적이 없지만, 하와이섬의 도로는 차도 적고 신호도 그다지 없다. 갈 수 있을 것이다.

이제부터 어떻게 할지는 스기시타를 만난 후 결정해야겠다. 나는 다시 메일 답장을 썼다.

'여기에 오면 이메일 보내줘. 핸드폰으로 연락할 테니까.'

내 핸드폰은 여기서는 사용할 수 없지만, 스기시타의 것은 사용할 수 있을 터였다. 지금껏 해외에 나가 있는 스기시타에게 여러 번 전화를 걸었었다.

잠시 잠깐의 이메일 대화였지만 울고 싶을 정도로 따뜻함을 느낀 것은 아마도 내 마음이 불안하다는 반증이었을 것이다.

그리고 자연스레 발길이 WAMI로 향했다. 요스케 씨는 호텔을 접는 것에 대해 어떻게 생각하고 있는지 알고 싶었다.

점심시간을 피해서 가니 WAMI는 그제보다도 한산했다. 곧

장 카운터로 갔다. 요스케 씨가 나를 보더니, 눈을 크게 떴다.

스툴에 앉아서 커피를 주문했다.

너무나 거칠게 머그잔이 내 앞에 놓였다. 얼굴을 드니 요스케 씨가 뻣뻣해진 얼굴로 나를 보고 있었다.

"미안하지만, 이 가게에는 다시는 안 왔으면 좋겠네."

"네?"

예상치 못한 차가운 말에 놀라움을 감출 수 없었다. 엊그제와는 너무나도 다른 태도였다.

"너는 호텔 손님이지, 이 카페 손님이 아니야."

"돈 낼 건데요."

"그 말을 하는 게 아니잖아."

요스케는 나를 똑바로 보았다.

"내가 왜 이렇게 말하는지, 잘 알 텐데."

나는 마른침을 삼켰다. 그는 알고 있었다. 나와 가즈미 씨의 관계를. 가즈미 씨가 말했나, 아니면 스스로 알게 된 건가.

요스케 씨는 목소리를 낮게 깔며 이렇게 덧붙였다.

"기자키 군, 나는 네가 너무 싫어."

7장

그로부터 사흘 동안, 나는 일과처럼 노트북을 들고 호텔을 나갔다. 와이파이를 사용할 수 있는 패스트푸드점이나 카페를 전전하며, 인터넷으로 호텔을 찾았다.

그러나 형식적으로는 몇 개의 호텔을 리스트업하면서도 그 호텔을 선택하지 않을 이유만 찾고 있었다. 단순히 시간을 버는 것에 지나지 않는다는 걸 나도 잘 알았다.

그날 이후 가즈미 씨와 둘만 있었던 적은 없다. 방으로 돌아가면 시트는 잘 다려진 새것으로 교체되고, 욕실에는 세탁된 타월이 놓여있었다. 그런데 일부러 내가 외출할 때만 골라서 청소를 하는 듯해서, 깨끗한 시트와 타월을 볼 때마다 슬픔이 쌓여갔다.

호텔이니까 투숙객이 외출했을 때 청소를 하는 것은 당연했다. 지금까지도 내가 외출할 때는 그랬다. 그런데 한번 상처받은 마음은 어떤 상황도 부정적인 의미로밖에 읽히지 않았다.

구와시마는 호놀룰루의 콘도를 예약했다고 한다. 사흘 후에는 짐을 챙겨서 그쪽으로 옮길 것 같다고 아침에 들었다.

그녀는 나와 가즈미 씨 사이에 생긴 변화를 알아차린 듯했다. 여자들은 이상하리만치 촉이 좋아서 싫다. 그녀는 나에게 그 후의 경과를 묻지 않았다. 대신 저녁 식사 때는 자칫 무거워질 듯한 분위기를 풀어보려고 많이 웃고 떠들었다. 그런 배려조차 지금 내게는 애처롭게 느껴져서 마음이 아팠다.

내일은 꼭 호텔을 정해서 나가야지, 저녁 식사를 마치고 방으로 돌아와 생각했다. 매일 노트북을 가지고 힐로 마을까지 나가지만 그다음으로 나아가지는 못했다.

스기시타가 오기 때문이다. 그렇게 나 스스로를 설득했다.

그리고 사흘째 아침, 기다리고 기다리던 이메일이 왔다.

'조금 전 카일루아 코나 호텔에 도착했다. 너 편할 때 연락해.'

나는 공중전화로 뛰어가서 스기시타의 전화번호를 눌렀다. 신호음이 가고 익숙한 목소리가 수화기에서 들려왔다.

"여보세요."

"스기시타? 나야."

"오, 준페이. 잘 있었어?"

그 목소리를 듣는 것만으로 눈물이 왈칵 쏟아질 것 같았다.

내 마음이 아슬아슬한 상태에 있었다는 것을 그제야 알았다.

스기시타의 목소리는 언제나처럼 명랑하고 쾌활하면서도 나를 배려하는 마음까지 느껴졌다.

"아직 피베리에 있는 거야?"

"응, 슬슬 나가지 않으면 안 되는데…."

구와시마가 나가면, 가즈미 씨는 나를 더욱 차갑게 대할지도 모른다. 요스케 씨가 나와 가즈미 씨의 관계를 알게 된 이상 어쩔 수 없는 일이었다. 그것이 무엇보다 무서웠다.

"렌터카를 빌렸어. 내일 힐로에 갈 건데 만나지 않을래?"

"응, 물론."

조금이라도 빨리 그의 얼굴을 보고 싶었다.

"어디서 만날까?"

"태평양쓰나미박물관이라는 데가 있어. 거기서 만나자."

힐로의 해안선을 따라 '태평양쓰나미박물관'이라는 그리 크지 않은 건물이 있었다. 쓰나미는 영어로도 TSUNAMI라고 하는구나, 그곳을 지날 때마다 생각했었다.

오후 1시에 만나기로 하고 나는 전화를 끊었다.

스기시타와 이야기를 나눈 것만으로 얽혀있던 마음이 한결 편해졌다. 동시에 생각했다. 굳이 새로운 호텔을 찾을 필요도 없다. 일본으로 돌아가면 되는 거다.

사키모리처럼 호놀룰루에 며칠 묵으며 트롤리 섬도 잠깐 다녀온 뒤 선물 같은 걸 사서, 조금 길게 머무른 관광객 기분으로 귀국하면 된다. 모든 것을 잊어버리면 된다.

대신 다른 곳으로 여행을 가도 좋겠지. 동남아시아 같은 곳도 자극적이고 즐거울 것이었다. 그렇게 생각해보니 내가 얼마나 좁은 시야에 갇혀 있었는지 새삼 알 수 있었다.

몸 안으로 새로운 바람이 불어오는 것 같았다. 친구와 몇 마디 통화한 것만으로 이런 기분이 들다니, 나는 너무나 단순한 인간인지도 모른다.

힐로는 해안선 연안에 있는 마을이라서, 지금까지 몇 차례 쓰나미가 밀려왔었다고 한다. 특히 1960년에 일어난 지진에 의한 쓰나미로 61명의 사상자가 나왔다. 최근에도 남미 지진에 의한 쓰나미경보가 발령되어 힐로 공항이 폐쇄되었다는 이야기를 들었다. 태평양쓰나미박물관은 쓰나미로 인한 비극을 잊지 않기 위해 세워졌다고 했다.

다음날 오후 1시가 되기 전에 쓰나미박물관을 찾았다. 지금까지 여러 번 그 앞을 지나쳤지만 안으로 들어간 적은 없었다. 안에는 드문드문 사람들이 보였다. 쓰나미가 일어났을 때의 사진과 기록물이 전시돼 있었다. 멍하니 사진들을 훑으면서 걷다 보니 누군가 어깨를 툭 두드렸다.

"야!"

스기시타였다. 반바지에 알로하 셔츠, 헐렁한 천가방을 어깨에 걸치고 있었다. 일본에 있을 때보다 훨씬 편한 복장이었다.

아마도 이것이 그의 여행 스타일이겠지.

"오랜만이네. 얼굴이 꽤 많이 탔어."

"그래?"

나는 잘 모르겠다. 교사였을 때는 운동장에서 체육 지도를 했기 때문에 적당히 타 있었던 것 같은데, 이곳에 와서는 종종 풀장에서 헤엄친 정도였다.

전시를 보는 사람들에게 방해가 되지 않도록 장소를 옮겨 이야기를 이어갔다.

"그래서, '피베리'가 영업 종료한다는 게 사실이야?"

"응. 이미 손님은 나와 다른 한 명뿐이고, 그 다른 한 명도 내일모레 나갈 거래."

그리고 내가 나가면 그 호텔은 간판을 내릴 것이다.

그 뒤에는 건물을 어떻게 사용할까? 호텔을 경영하고 싶다는 다른 누군가에게 팔아 버릴까, 아니면 가즈미 씨 부부가 일반 집처럼 그곳에 살까.

"아쉽네…. 좋은 호텔이었는데…."

스기시타는 정말 아쉬움이 묻어나는 목소리로 말했다. 원래 스기시타가 권해서 그 호텔까지 가게 된 거니까. 그가 아니었으면 가즈미 씨와는 만나지도 못했다.

스기시타를 탓할 마음은 없었다. 결과적으로 상처받게 되었지만, 그건 어디까지나 내 책임이다. 일본에 그대로 있었더라도 출구 같은 건 보이지 않았을 터였다.

"하지만 그렇게 되면 오너 부부는 어떻게 생계를 이어가지? 달리 자산가들도 아닌 것 같았는데…."

"지금 요스케 씨가 힐로에서 카페를 하고 있어. 꽤 잘 되고 있는 것 같으니 그걸로 먹고 살 수 있지 않을까."

웬일인지 스기시타가 의외라는 듯 웃었다.

"그 게으른 요스케 씨가?"

뭔지 모를 이질감이 느껴졌다. 요스케 씨는 말수가 적지만 게으르다는 인상은 없었다.

"게으르다니? 내가 여기 온 이후 그 사람은 늘 카페로 출근해서 일하고 있는데…."

호텔 업무는 가즈미 씨에게 다 맡겼지만, 그는 언제나 아침 일찍 나가서 저녁 늦게 돌아왔다. 호텔에서 늘어지게 뒹굴며 시간만 보내는 모습 같은 건 본 적도 없다.

스기시타는 신기하다는 듯한 표정을 지었다.

"아니야, 요스케 씨는 늘 호텔 공용공간에서 손님들과 어울려 이야기하고 놀고 있었단 말이야. 가즈미 씨만 열심히 움직이고 있었고. 얼핏 보기에 가즈미 씨는 꼭 요스케 씨의 정부情婦 같았거든. 그 뭐, 그린카드를 가지고 있는 건 남자 쪽이니까 어쩔 수 없었는지도 모르지만."

나는 당혹스러운 마음으로 스기시타를 봤다. 내가 아는 요스케 씨와 그가 말하는 사람이 서로 다른 인물인 것 같았다.

"무뚝뚝한 사람이라고 나는 생각하고 있었어."

"무뚝뚝? 요스케 씨가?"

이야기가 하나도 맞지 않았다. 가슴 속에서 이상한 웅성거림이 들려왔다. 무언가 위험한 것을 만진 듯한 기분이었다.

"아, 그래도 카페에서는 손님과 즐겁게 이야기하더라고. 그래서 그냥 우리가 맘에 안 드는 건지도 모르겠다고 생각했지."

어쩌면 내가 도착하기 전에 다른 손님과 트러블이 있었는지도 모른다. 사키모리나 가모우가 맘에 안 들었는지도 모르고.

"카페가 이 근처야? 여기까지 왔으니까 요스케 씨를 만나러 가고 싶어."

그 말을 듣고 잠시 입을 다물었다.

지난번 카페에 갔을 때 요스케 씨는 말했었다. 내가 싫다고. 그런 말을 듣고도 카페를 다시 찾아가는 건 좀 불편했다. 하지만 내 상황을 설명하기 위해서는 가즈미 씨와 깊은 관계가 되었던 것까지 스기시타에게 말하지 않으면 안 된다.

그녀에게 완전히 차여버린 지금, 그 일을 말하기에는 내 마음도 무거웠다. 그렇게 젊지도, 미인도 아닌 가즈미 씨에게 내가 왜 반했는지를, 올바른 장소에 있는 사기시타에게는 절대로 이해받지 못할 것이다. 어처구니없어할 게 분명했다.

스기시타는 나의 망설임 따위는 알아채지 못한 채 박물관 밖으로 향했다. 굳이 그를 붙잡을 일도 아니었다. 요스케 씨도 스기시타 앞에서 나를 몰아붙일 정도로 비상식적이지는 않을 것이다.

쓰나미박물관부터 WAMI까지는 걸어서 15분 정도 걸린다. 우리는 스기시타의 렌터카로 가기로 했다.

"그래서 앞으로 어떻게 할 생각인데?"

조수석에 몸을 싣자마자 스기시타가 물었다.

"일본에 돌아가려고. 이만하면 꽤 휴식이 된 것 같아서."

"그렇군. 하지만 마우이도 좋은데. 전망 한편으로 사탕수수밭이 펼쳐져 있고 말이야."

그렇게 말하는 스기시타에게 나는 쓴웃음을 지어 보였다.

"응, 그건 다음에."

스기시타가 이 섬을 추천한 것에 큰 이유나 의미는 없었을 것이다. 그저 기후가 좋고, 장기체류가 가능한 좋은 호텔이 있다는 것뿐. 그리고 나는 아마도 이 섬을 평생 잊지 못할 것이다. 생각할 때마다 가슴은 미칠 듯 아플 테지만.

내가 켠 내비게이션의 안내에 따라 차는 WAMI 주차장에 들어섰다.

점심시간이 지났는데도 카페 안은 북적거렸다. 내가 망설이고 있는 동안, 스기시타가 공석을 찾아 안쪽으로 헤쳐 들어갔다. 카운터에서 커피를 내리고 있던 요스케 씨가 스기시타에게 뭐라고 이야기하는 것이 보였다. 잠시 후 스기시타는 그대로 나왔다.

"만석이래. 어쩔 수 없지 뭐. 근처에서 점심 먹고 나중에 다시 올까?"

"나중에?"

"그래. 지금은 요스케 씨도 없으니까."

나는 멍해진 얼굴로 스기시타를 바라다보았다.

스기시타가 지금 무슨 말을 하는 거지? 동시에 가슴 깊은 곳이 술렁이며 무언가 어두운 그림자가 드리워졌다. 빨리 떠나는 것이 좋겠다. 여기서 이야기하면 안 된다.

나는 슬쩍 안쪽을 훔쳐보았다. 요스케 씨는 바쁘게 서서 일하느라 나를 보지는 못했다. 나는 빠르게 카페에서 멀어졌다.

"야, 너 왜 그래?"

스기시타가 허겁지겁 나를 따라오며 물었다.

"있잖아. 요스케 씨가 저기 없었다고 했지?"

"그래. 카운터에 있는 저 일본인 말야, 저건 누구야? 아르바이트 직원인가?"

나는 크게 심호흡을 한 후 대답했다.

"나는 저 사람이 요스케 씨라고 알고 있었어."

"엥?"

이번에는 스기시타가 놀랄 차례였다. 그가 발걸음을 멈추고 내 얼굴을 응시했다.

"…. 그 말…, 정말이야?"

"응. 저 사람을 요스케라고 소개했어. 그리고 가즈미 씨의 남편이라고."

그게 사실이 아니었단 말인가?

"말이 되는 소리를 해라."

스기시타는 혼란스러움을 가라앉히려는 듯 이마에 손을 갖다 대고 천천히 계속했다.

"음…. 닮은 듯하지만, 확실히 다른 사람이야. 살이 빠지거나 찌거나 그런 문제가 아니야. 목소리도 아예 다르고. 내가 잘못 봤을 리 없어."

분명 사키모리는 그렇게 말했다. 자신이 이 호텔에 왔을 때, 피베리에 머물던 사람은 가모우뿐이었다고. 가모우는 어떤 사람이었을까. 만약 그 전에 아무도 없었다면, 그 시점에 사람을 바꾸는 일은 간단하다.

아니, 그게 아니라면….

그 누구도 오너가 바뀌었다고 생각하지 않는다.

오너라고 소개하면 그뿐이니까.

우리는 거기서 몇 블록 떨어진 다른 카페로 들어갔다.

내 머릿속에 궁금증이 폭발하기 시작했다. 아오야기를 처음 만났을 때, 그는 이렇게 말했다.

—기대해도 좋아. 곧 재미있는 걸 보게 될 테니까.

그는 이미 알고 있었던 걸까. 오너인 요스케가 다른 사람으로 바뀌었다는 것을?

동시에 또 다른 의문이 들었다. 내가 알고 있는 가즈미 씨는 스기시타가 알고 있는 가즈미 씨와 같은 사람일까?

그렇게 생각한 순간, 가즈미 씨의 모습이 머릿속에서 흐물흐

물해지는 기분이 들었다. 몇 번이나 껴안고, 침대 위에서 서로를 바라보았는데 말이다. 떨리는 목소리로 내가 물었다.

"가즈미 씨는?"

스기시타도 불안함을 느끼는 모양이었다.

"그 있잖아. 까무잡잡하게 타고, 말랐고, 화장기 없는 여자. 언제나 탱크톱에 반바지, 그리고 뭐랄까…, 그다지 여성스럽게 보이지도 않으면서, 가끔 이상하게 섹시한…,"

그 말을 듣고 일단은 안심했다. 요스케 씨와는 다르게 그녀에 대해서는 서로 다른 인식은 없었다.

스기시타도 도깨비에 홀린 듯한 얼굴을 하고 있었다.

만약 요스케 씨가 바뀐 거라면, 그 일에 가즈미 씨가 관여하지 않았을 리는 없다. 가즈미 씨가 계속해서 남자를 바꾸고, 요스케라는 공통의 이름을 붙여서 남편인 척 내세우는 것일까?

아니 그것은 성립되지 않는다. 미국 영주권을 갖고 있는 사람은 요스케 씨이다. 스기시타도 그렇게 말했고, 나도 그렇게 들었다.

갑자기 스기시타가 무릎을 쳤다.

"분명히 핸드폰으로 사진을 찍었었어!"

"그래?"

스기시타는 주머니에서 핸드폰을 꺼내어 사진을 뒤지기 시작했다. 나도 그렇지만 스기시타도 핸드폰은 새로운 기종 같은 거 관심도 없이 오래전 기종을 고장 날 때까지 사용하는 인간이었다.

"여기 있다!"

스기시타는 핸드폰의 액정을 내 쪽으로 내밀었다. 거기에는 가즈미 씨와 스기시타, 그리고 또 한 명의 남자가 있었다.

가모우였다.

피베리로 돌아온 나는 커피를 한 잔 마시려고 1층 공용공간의 문을 열었다.

가즈미 씨가 혼자서 의자에 앉아 골똘히 생각에 잠겨있었다. 그녀가 놀란 듯 얼굴을 들었다.

"아, 준 군."

"안녕하세요."

한 명 한 명 사람이 줄면서, 일도 줄어들었겠지. 지금은 처음 봤을 때 일개미처럼 바쁘게 돌아다니던 가즈미 씨를 찾아볼 수 없었다. 그날 이후부터 가즈미 씨와 나 사이에 공유하던 친밀한 공범자의 공기는 사라져 버렸다. 가즈미 씨는 나를 피하려 하지 않고 언제나처럼 친절하게 대해 주었지만, 그 친절함에는 상처 부위를 만지는 듯한 진중함만이 느껴졌다. 그녀는 나를 자극해 불필요한 문제가 일어나지 않도록, 원한을 품지 않도록 부드럽게 대할 뿐이었다.

이런 식으로 생각하다니, 나도 꼬인 인간이었다.

그런데도 지금 나는 생각했다. 그녀와 달콤했던 그 시간을 되돌릴 수만 있다면, 무엇이라도 던질 수 있을 거라고.

하지만 이미 되돌릴 수 없는 시간이었다. 만약 내가 알아버린 사실을 바탕으로 그녀를 협박한다고 해도 그녀의 마음은 멀어지기만 할 터였다. 그뿐이겠는가, 어쩌면 나까지 죽임을 당할지 모른다.

나는 그녀 앞에 앉았다. 가즈미 씨의 몸이 움찔하며 떨렸다. 경계하고 있는 것이리라.

"가즈미 씨. 저 내일모레 떠날 거예요."

가즈미 씨는 여러 번 고개를 끄덕였다. 그녀가 무엇을 생각하고 있는지는 내가 읽어낼 수 없었다.

그래, 언제나 나는 그녀의 본심을 읽어내지 못했다. 그 알 길 없는 깊은 속내가 오히려 나를 빠져들게 했는지도 모른다.

"호텔 정해졌어?"

"일단 오아후로 옮길 거예요. 하지만 그렇게 오래 머물지는 않을 거고, 귀국 편 항공권을 예약하는 대로 일본으로 돌아갈 생각이에요."

내가 그 말을 하고 나자 가즈미 씨의 얼굴이 침울해졌다.

"미안해…, 일정을 변경하게 만들어서."

"아니에요. 여기에 머무르는 동안 즐거웠어요."

거짓말이 아니었다. 나는 지금 이 순간에도 그렇게 생각했다. 그녀가 나의 영혼을 꼬옥 안아주었던 것, 그리고 내가 새로운 목표를 세울 수 있게 해준 것.

맞다, 지금 나에게는 목표가 생겼다. 진실을 찾겠다는 목표.

"하나만 말해주시지 않겠습니까? 나는 당신의 결혼 전 이름을 알고 싶어요. 세오라는 요스케 씨의 성 말고, 당신의 원래 성을 알고 싶어요."

가즈미 씨의 얼굴이 다시 굳어졌다. 집착을 보이는 듯한 말을 들었기 때문일까, 아니면 알리고 싶지 않은 사실과 관계가 있는 것일까.

나는 아직 어떤 것도 이해가 안 된 상태였다.

내가 가모우라고 알던 남자가 과거에는 요스케라는 이름의 가즈미 씨 남편인 척 연기했다는 사실, 그리고 아마도 아오야기가 그 사실을 알고 있었으리라는 추측 외에는.

가모우와 지금 요스케라고 불리는 남자 둘 중 누가 가즈미 씨의 진짜 남편인지도 현시점에서는 알 수 없었다. 가즈미 씨를 추궁해도 알려주지 않을 터였다.

그러나 적어도 가모우와 아오야기의 죽음에 그녀가 어떤 형태로든 관여되어 있다는 것만은 확실했다. 아오야기는 물론이고 가모우의 일을 두고 그녀는 줄곧 우리에게 뭔가를 숨겨온 것이다. 만약 가모우가 진짜 요스케라면 그의 신분을 알 수 없는 것도 이해는 갔다.

가즈미 씨는 주저하고 있었고 나는 응석을 부리듯 계속했다.

"질척거리거나 들러붙지 않을게요. 나는 곧 일본으로 돌아갈 거예요. 다만 당신을 오래 기억하고 싶을 뿐이에요."

가즈미 씨는 곤란하다는 표정으로 웃었다.

“잊는 편이 좋을 텐데…. 뭐, 내가 굳이 이렇게 말하지 않아도 간단히 잊힐 거야. 준 군은 친절하고 착한 사람이니까, 금방 새로운 애인이 생길 거예요.”

“잊거나 하지 않을 거예요.”

나는 친절하거나 착한 사람이 아니었다. 언제나 나만 생각하고 내 속엔 나만 가득하니까. 그러나 한편으로 다짐했다.

만약 훗날 내가 누군가를 사랑할 수 있게 되어서 그 사람도 나의 손을 꼭 잡아준다면, 그때는 그 사람을 가장 먼저 생각할 것이라고. 어렵겠지만, 가능하다면 멈춰 서서 그 사람의 마음을 먼저 살피겠노라고.

가즈미 씨가 한숨을 내쉬었다. 그리고 포기했다는 듯 말했다.

“호리키리. 내 옛 성이야.”

“미안해요. 그리고 고마워요.”

창밖에는 연보랏빛으로 물든 구름이 가라앉듯 퍼지고 있었다. 앞으로 며칠밖에 볼 수 없을 이 섬의 석양이었다. 순간 어찌할 바를 모를 정도로 가슴이 떨려왔다.

“당신의 이야기를 더 많이 들었으면 좋았을 텐데.”

시간은 있었을 것이다. 침대에서 서로를 안고 있을 때, 섹스가 끝난 후 몽롱하던 잠깐의 시간에 가즈미 씨에 대해 더 많은 이야기를 들었으면 좋았을 것을.

낭만적인 감상이 아니라 진심으로 그렇게 생각했다.

"대단한 이야기 같은 건 없어."

곤혹스러워하는 웃음이 더없이 사랑스러웠다.

"당신에게는 그럴지 몰라도, 나에게는 다릅니다."

내가 자신 있는 어조로 말하는 것이 나 스스로도 어색하고 이상했다. 여기까지 와서도 나는 아직 그녀에게 응석을 부리고 있었다.

가즈미 씨는 다소 슬픈 표정으로 시선을 내리깔았다. 그러고는 일어섰다.

"저녁 식사 준비를… 해야지?"

대화를 그만하자는 사인이었다. 그 이상은 어떤 말도 들을 수 없을 것 같았다. 나는 아무렇지 않은 듯 커피메이커 앞으로 가서 그녀에게 등을 돌렸다.

문이 닫히는 소리만이 방안에 울려 퍼졌다.

피베리. 열매 안에 쓸쓸하게 혼자 잠들어 있는 희귀한 콩.

지금 생각해보면 그 이름은 이 호텔에 너무도 잘 어울렸다. 옆으로 긴 호텔 건물은 하나의 가지이고, 방은 열매 안의 작은 공간이었다.

그 안에서 우리는 나 홀로 외로이 잠들어 있었다.

가즈미 씨와 나는 잠깐씩 서로를 감싸주기도 했지만, 결국 마지막까지 마음이 녹아 섞이는 일은 없었다. 섞이는 것은 몸뿐이었다.

망가지는 것마저 처음부터 정해져 있었던 듯한 이 느낌은, 나 스스로 편해지기 위해 드는 감상일지도 모른다.

이상하게도 나와 구와시마는 같은 비행기로 하와이섬을 떠나게 되었다.

건너올 때도 같은 비행기였다. 처음 공항에서 만났을 때는 그녀에 대해 이것저것 알게 되리라고는 생각지도 못했다.

왔을 때와 같이, 가즈미 씨의 차를 타고 우리는 공항으로 향했다. 구와시마가 조용히 말했다.

"이제 이곳에는 다시 못 오겠지요. 아쉬워요…."

가즈미 씨는 웃으며 대답했다.

"하와이섬에는 언제라도 다시 올 수 있어요. 호텔 피베리는 이제 없지만."

나는 궁금했던 것을 망설이지 않고 물었다.

"호텔 운영은 완전히 그만두는 건가요?"

"응. 건물도 오래됐고, 철거하려고 생각하고 있어."

"설마…."

슬픈 목소리로 구와시마가 말했지만, 가즈미 씨는 의외로 홀가분한 얼굴이었다.

"요즘 젊은 일본인들은 해외여행도 많이 안 한다더라고. 옛날처럼 사람들이 많이 오는 것도 아니고, 근신하듯 나에게도 좋은 기회라고 생각해."

힐로 공항까지는 눈 깜짝할 사이에 도착했다. 나는 감상적인 기분에 휩싸이려는 걸 애써 참으며 평정심을 유지하고 있었다.

공항 앞에서 차를 멈춘 가즈미 씨가 트렁크에서 구와시마의 거대한 캐리어와 나의 여행가방을 꺼냈다.

"그럼. 가즈미 씨, 잘 있어요."

내가 그렇게 말하자 그녀는 눈을 살짝 가늘게 떴다. 나는 등을 돌려 걷기 시작했다.

구와시마가 트렁크를 밀면서 뒤를 따라왔다.

"뭔가 너무 쓸쓸하네요."

"네."

그 말에는 나는 동감했다. 그러나 모든 게 전부 끝난 것은 아니었다.

"나는 다시 돌아올 생각이에요."

"가즈미 씨를 만나려고요?"

"그것도 있지만…, 그것 말고도 해결하지 않으면 안 되는 일이 생겼으니까…."

"뭔데요?"

나는 고개를 가로저었다.

"아직은 말할 수 없어요."

그녀는 살짝 고개를 기울이기는 했지만, 그 이상 질문을 이어가지는 않았다.

짐을 맡기고 체크인을 마친 후, 우리는 근처 벤치로 가서 앉았다. 탑승구 대합실은 출발 30분 전이 될 때까지 열리지 않는다고 했다.

구와시마가 불쑥 말했다.

"있잖아요. 기자키 군. 핸드폰 번호 알려줘요."

"어? 네."

거절할 이유는 없었다. 어쩌면 내가 그녀에게 연락하고 싶다고 생각하게 될지도 모른다. 적외선 통신으로 메일 주소와 전화번호를 교환했다. 핸드폰을 잃어버린다면 그대로 끊겨버릴 정도의 관계지만, 그 느슨함조차 지금의 나에게는 편안하게 느껴졌다. 그녀에게 연락하지 않겠다고 생각하는 것도 아니었다. 언젠가는 그녀에게도 내가 알고 있는 것을 말할 생각이었다. 다만 지금은 그때가 아니었다.

구와시마가 벤치에서 일어섰다.

"나, 매점에 좀 다녀올게요."

"아, 네."

아까 지나갈 때 슬쩍 보니 유리 케이스 안에 알록달록 여러 가지 플루메리아 레이가 걸려있었다. 분명 숨이 막힐 정도로 단내가 나겠지.

구와시마와는 호놀룰루 공항에서 헤어졌다. 손을 잡고 악수를 하거나 몇 번이고 뒤돌아보는 일도 없이 말이다. 적외선 통신처럼 차가운 이별이었다.

그리고 사흘 뒤 나는 일본행 비행기를 타고 귀국했다.

내가 하와이섬에 다시 돌아온 것은 4개월 후의 일이었다.

비행기에서 내리자마자 습도 높은 공기에 둘러싸였다.

4개월. 그 사이 일본에는 봄이 오고 계절이 바뀌었는데 이 섬의 기후는 변화가 없었다. 시간이 순식간에 되돌려진 것 같은 기분이었다.

일본에 돌아가서도 이 섬에서의 일만 생각했다. 마치 몸의 절반을 이곳에 두고 온 듯한 느낌이었다.

해외여행은 처음이었으니까 여행으로 방문한 모든 곳이 깊은 인상을 남기는 것인지, 아니면 이 섬이 나에게 있어 특별한 것인지는 모르겠다.

태어나서 자란 곳이나 오래 살았던 마을에 그런 마음을 가진 적은 없었으니까, 역시 이 섬과 여기서 지냈던 시간이 지금까지 나를 붙들고 있는 거였다. 트랩 사다리를 내려와 게이트를 지나고, 형식적으로 붙어 있는 지붕과 의자밖에 없는 공항 안으로 들어갔다. 처음 이 공항을 보던 때에는 내가 알고 있던 공항의 이미지와 너무도 달라서 놀랐다.

건물은 매점과 화장실뿐, 나머지는 정말로 기다리는 데 필요한 최소한의 의자와 햇빛과 비를 막기 위한 지붕밖에 없었다. 기후가 좋은 섬이기 때문에 가능한 공항의 형태이리라.

짐은 기내반입용 가방 하나. 내일 호놀룰루로 가는 비행기는 이미 예약해 두었다. 이 섬에서는 1박만 할 예정이었다.

목적은 오직 하나이니까, 1박으로도 충분했다. 불안한 점은 카페 WAMI가 없어졌거나 그 두 사람이 자취를 감춘 것이겠지만, 내 예상이 맞는다면 그런 일은 없을 것이다.

아니, 찾을 수 없다면 그것대로 상관없었다. 모순된 생각이지만 그런 상황도 염두에 두었다. 앞으로 할 일은 결코 기분이 좋은 일은 아닐 터였다.

오늘은 누구도 마중 나오지 않았다. 택시를 불러서 힐로 마을로 향했다. 원래 힐로 공항에서 마을까지는 그다지 먼 거리가 아니다. 10달러 안 되는 요금이면 도착한다.

지난번에 예정했던 것보다 빨리 일본으로 돌아가 버렸기 때문에, 달러가 다소 남아 있었다. 그래서 이번에 따로 환전할 필요도 없었다.

택시로 WAMI 근처까지 가서 내린 나는 천천히 걸어갔다.

땀을 흘릴 정도로 더운 날씨도 아닌데 등줄기가 흠뻑 젖어오는 건 긴장한 탓이었으리라.

해질 무렵인 5시경, 미묘한 시간대였다. 그래서인지 WAMI는 한산하게 비어 있었다.

카운터 안에는 요스케 씨가 아닌 가즈미 씨가 있었다.

그것도 예상했던 일인데, 왜 그런지 가슴이 아려 오는 기분이었다. 그녀에 대해서는 이미 감정 정리가 끝났다고 여겨왔는데, 모습을 보자마자 가슴속이 또 웅성대기 시작했다.

설거지하던 가즈미 씨가 고개 들어서 내 얼굴을 보고는 얼어붙은 듯한 표정이 되었다.

"오랜만입니다, 가즈미 씨."

"준 군."

나는 아무도 없는 카운터에 걸터앉았다.

"일본에는 벌써 봄이 왔는데…, 여기 이 섬은 하나도 변한 것이 없네요."

"아…, 네. 그렇죠."

그녀가 마음을 진정시키려 노력하는 게 내 눈에 선연하게 읽혔다. 당황하는 그 모습에 기분이 좋아지려는 건 비뚤어진 나의 심사 때문일까.

"오늘은 요스케 씨가 안 보이네요?"

"요스케는 몸이 좀 안 좋아서 당분간 쉬고 있어요. 뭐라도 마실래요?"

"커피 주세요."

그녀는 요스케 씨가 하던 것처럼 커피 원두를 갈아서 융드립으로 정성스럽게 내렸다. 기분 좋은 커피 향이 가게 안에 퍼지기 시작했다.

"이 커피도 피베리인가요?"

"이거? 이거는 아니야. 요스케는 피베리를 그다지 좋아하지 않아서. 그래도 코나커피니까, 좋은 거예요."

그녀가 천천히 추출한 커피를 잔에 따라서 내 앞에 놓았다.

"자, 들어요."

잔을 들어 한 모금 커피를 입안에 넣었다. 고향에 온 듯 그립고 훈훈한 맛이 느껴지는 건 나만의 착각이겠지. 호텔 피베리에서는 언제나 커피메이커로 내렸으니까.

아니면 내리는 법이 바뀌어도, 내리는 사람이 같으면 어딘가 같은 맛이 남는 것일까?

"이번에는 어디에 묵고 있어요?"

질문을 받고서 나는 살짝 웃었다.

"그런 거 물어봐도 되나요? 묵을 곳이 없으니 당신네에서 머무르게 해 달라고 할지도 모르는데요?"

가즈미 씨는 곤란한 얼굴로 웃었다.

"피베리는 아직 철거하지 않았고, 하룻밤 머무르는 정도면 상관없어요. 어떤 대접도 못 하겠지만."

"괜찮나요?"

생각지도 못한 반응이었다. 많이 매정할 거라고 예상했는데.

"그나저나 뭐하러 다시 여기에 온 거야? 관광?"

나는 고개를 가로저었다.

"아니요, 당신 만나러."

가즈미 씨가 애매한 얼굴로 나를 보았다.

"당신에게 확인하고 싶은 게 있어요. 여기서 이야기를 해도 될까요?"

"지금?"

"지금 말고 다른 곳이 좋은가요?"

"지금은 일하고 있으니까. 6시가 되면 가게 끝나. 그때부터라도 괜찮아요?"

불현듯 생각이 스쳤다. 어쩌면 가즈미 씨는 무엇 때문에 내가 돌아왔는지 알아차린 건지도 모른다. 위험하니까 그만두라는 소리를 스기시타에게 몇 번이고 들었다.

그럼에도 나는 이렇게 대답했다.

"알겠습니다."

가게 문을 닫은 후, 우리 두 사람은 그녀의 차를 타고 호텔 피베리로 향했다.

호텔 운영을 그만두고 고작 4개월밖에 안 지났는데, 그곳은 이미 오래된 폐허 같은 건물로 변해 있었다.

내가 머물던 때의 호텔 피베리도 이미 오래되고 쓸쓸한 건물이기는 했어도 그만의 품격과 화사함이 있었다. 그런데 지금의 피베리는 마치 영혼이 빠져나간 듯 보였다.

가즈미 씨가 차를 세우고, 나는 조수석에서 내렸다.

"요스케 씨는?"

"지금은 없어. 안심해."

그 '안심'이 어떤 의미일까 생각하면서 나는 고개를 끄덕였다. 이전에 공용공간으로 사용하던 1층으로 들어갔다. 아마도 거기는 지금도 가즈미 씨가 사용하고 있는지 깨끗하게 청소가 되어 있었다.

"앉아요. 커피 내릴게."

커피메이커 앞에 선 그녀를 보고 있자니, 시간이 4개월 전으로 돌아간 것 같은 기분이 들었다. 공상은 너무나 기분 좋고 달콤했다. 나는 아무것도 모른 채 이곳에서 그녀와 관계를 이어가고 있다. 사람들 눈을 피해 서로를 품고, 공범자의 시간을 보내고 있다. 손을 뻗으면 그녀가 내 품 안에서 달콤하게 녹는다.

하지만 나의 공상은 그녀의 목소리로 인해 깨졌다.

"그래서, 할 이야기라는 게 뭔데?"

그 목소리에서 어떤 결기 같은 게 느껴졌다. 틀림없이, 그녀는 알고 있었다.

"꽤 고생했어요. 일어난 일에 대해서는 알고 있지만, 왜 그런 일이 일어났는지 몰랐으니까요."

그녀의 등이 미세하게 떨리고 있었다.

"가모우의 신분은 알게 되셨나요?"

그 질문에 가즈미 씨는 대답하지 않았다.

"알 수가 없었겠지요? 가모우 유지라는 이름은 가명이었어요. 여권도 없고, 주소도 가짜였을 거예요. 그가 바로 당신의 진짜 남편 요스케였으니까."

커피 줄기 떨어지는 소리가 주변에 울려 퍼졌다.

"우리가 오기 전에, 아마도 사키모리가 이 호텔에 들어오기 전에 남편 교체가 끝나 있었겠죠. 당신 남편이자 오너인 요스케가 손님인 척 연기하며 호텔에 머물고, 다른 남자가 요스케 역할을 하고. 어떻게 해서 본래 요스케에게 손님인 척을 하라고 그 남자가 요구했는지는 알 수 없지만요."

가즈미 씨가 뒤돌아보며 희미하게 웃었다.

"그가 그렇게 요구했어."

"그?"

"응. 그 사람 요스케가. 데쓰야를 이 호텔에 살게 하는 게 좋겠다고. 대신 자기는 호텔의 손님이 되겠다고."

"어째서?"

그렇게 물으면서도 나는 가즈미 씨가 사실을 간단히 인정한 것에 놀랐다. 우리가 요스케라고 알았던 남자의 실제 이름이 데쓰야라는 것은 나도 이미 파악하고 있었다.

"요스케는 일하는 걸 제일 싫어했으니까. 내가 자리를 비운 사이에 투숙객들이 무언가 부탁하는 일들마저 그는 싫었던 것 같아. 손님처럼 있으면 마음껏 게으름 피우며 뒹굴 수 있으니까. 그리고 여자애들…."

"여자애라고요?"

"그래. 그가 왜 호텔이라는 일을 생각했을까? 왜 이 호텔은 단골을 받지 않았을까? 실은 체류하는 여자애들에게 끊임없이 추근대고, 자기 마음껏 즐기려는 의도로 그렇게 한 거야. 여행지에서는 여자들의 마음이 적당히 풀어지니까. 기한이 정해져 있으면 깊이 얽힐 일도 없고. 물론, 언제나 성공하는 것은 아니었지만 말이지."

구와시마가 했던 말이 생각났다. 가모우는 상당히 강압적으로 구와시마에게 추근거렸다고 했다.

"특히 최근 들어서는 성공률이 많이 떨어졌어. 그도 나이를 먹었고, 최근 여자애들은 의외로 보수적인 데다 자신이 손해 보는 일은 하지 않잖아. 우리나 조금 전 시대 사람들과는 전혀 다르지. 요스케는 그게 나 때문이라고 생각했어. 자기가 독신인 척하면 여자애들이 좀 더 적극적으로 자기를 좋아해 줄 거라고 말이야."

"당신은 그런 게 괜찮았나요?"

"그가 그런 인간이었다는 것은, 이미 오래전에 알고 있었지. 그래도 영주권을 갖고 있었고, 이 호텔을 살 자금을 낸 것도 그였으니까, 그걸로 됐다 싶었어. 애정 같은 건 없었지만, 난 일본을 떠나 이 섬에 살고 싶었을 뿐이야."

나는 안도의 한숨을 쉬었다. 그녀가 사랑한 것은 남편이 아니라 이 섬이었던가.

"나는 호텔 일이 좋았어. 일본에서 온 많은 이들이 이 호텔에 머물면서 이 섬을 좋아하게 되는 게 행복했지. 원래부터 일하는 것을 좋아했으니 고생스럽지는 않았어."

그건 그녀를 지켜본 나도 잘 알고 있었다. 그녀가 즐겁게 일했기 때문에 이 호텔은 빛이 났고, 투숙객의 마음도 편했다.

그 상황을 바꾼 것이 하나의 사건이었다.

나는 가방에서 신문 복사본을 꺼냈다.

"이것을 발견했어요. 찾아내는 데 꽤 시간이 걸렸지만요."

그녀는 손으로 받으려고도 하지 않았다. 그 기사가 어떤 내용인지 읽어보지 않아도 알고 있는 듯했다.

몇 년 전 벌어진 살인사건 관련 기사였다. 호리키리 데쓰야라는 남자가 금전 문제로 친구를 죽이고 도주 중이라고 쓰여 있었다. 사진은 오래되었고, 작은 사이즈를 늘린 것이라 흐릿했다. 게다가 사진 속 남자는 수염을 기르고 있었다. 그러나 수염을 머릿속에서 제거해 보면 그는 내가 알고 있는 요스케라는 사람과 일치했다.

"당신의 남동생이지요?"

가즈미 씨는 표정을 바꾸지 않은 채 기사를 내려다보았다.

"몇 년 전 사건이고, 그리 크게 보도되지도 않았죠. 많은 미해결 사건 중 하나예요. 나 역시 그런 사건은 기억하지도 않았고, 다른 사람들도 마찬가지일 거예요."

"데쓰야가 위조 여권을 들고 나를 찾아왔을 때는 정말 놀랐어. 동생의 범죄를 나는 알고 있었지만 가능한 한 챙겨주려고 애썼지. 단 한 명뿐인 가족이었으니까."

그리고, 데쓰야를 여기에 두기로 했다.

"그때 요스케가 데쓰야를 받아주는 조건으로 한 가지를 요구한 거야. 자기는 지금부터 손님으로 여기에서 지낼 것이니 데쓰야가 오너 역할을 해야 한다는 내용 말이야. 딱히 나쁘지 않을 것 같았어. 원래 요스케는 거의 일을 하지 않았으니까. 손님 같은 사람이었거든. 아무것도 달라지는 건 없잖아."

"데쓰야가 생각해 낸 것인가요?"

"뭘?"

"오너를 죽이는 것…, 말이에요."

가즈미 씨가 작게 숨을 뱉었다.

"그래. 하지만 그렇게 말하는 건 온당치 않을지도 몰라. 내가 농담을 섞어서 데쓰야에게 말했어. 이런 상황이라면 '진짜 요스케가 죽어도 모르겠지?'라고 말이지. '그러면 네가 평생 요스케로 살아갈 수 있을지도 모른다'고."

어딘가 건조한 웃음에 등골이 오싹했다.

"요스케가 투숙객이 되겠다고 요구한 것도 그래. 내가 그에게 여러 번 말했거든. '그렇게 일하기 싫으면 차라리 손님이 되어버리면 좋을 텐데,' 하고."

이 호텔은 마을이나 다른 민가들과 떨어져 있고, 업무는 거의 가즈미 씨가 도맡아 하고 있었다. 게다가 단골손님은 애초에 받지 않으니 요스케가 다른 사람으로 바뀐 사실을 아무도 알아채지 못할 터였다. 지금 이대로라면 언제 요스케가 마음을 바꿔서 데쓰야를 쫓아낼지도 모른다, 게다가 데쓰야가 살인범이라는 사실을 언젠가 요스케가 알게 될지도 모른다, 그녀는 불안했다.

"아마 나, 그 사람에게 질려 있었던 것 같아. 데쓰야에게 그

계획을 들었을 때도 강하게 막고 싶은 마음이 들지 않았어. 어떻게 되든 상관없다고 생각했으니까."

궁금했던 것을 물었다.

"왜 카페를 시작했나요?"

"요스케를 죽이고 나면 호텔 운영을 계속하는 것은 위험하니까. 게다가 언젠가는 요스케의 지인이 찾아올지도 모르잖아. 그래서 여기는 닫고 다른 일을 시작할 필요가 있었어. 데쓰야는 일본에서도 커피집을 경영했으니, 그 일이라면 여기서도 할 수 있었거든. 요스케 명의로 가게를 빌린 이상, 사무적인 수속은 요스케가 하지 않으면 안 되니까, 그가 살아있는 동안에 일을 진행해야만 했어."

"아오야기 일은요?"

가즈미 씨의 표정이 갑자기 어두워졌다.

"아오야기 군 일은 정말로 예기치 못한 사고였어. 데쓰야가 가모우, 그러니까 요스케에게 술을 마시게 해서 풀장에 빠뜨려 죽인 후, 아오야기의 행동이 갑자기 이상해졌거든. 대체 왜 저럴까 하다가 퍼뜩 생각이 났지. 그러고 보니 낮에는 밖에 나가지 않는 아이가 옛날 손님 중에 있었다는 걸. 그는 어릴 적에 이 호텔에 머무른 적이 있었어. 찾아보니까 10년 전, 이 호텔이 생기고 얼마 안 되어서 부모님과 함께 묵었던 거야."

10년 전이라면 아직 중학생 정도가 아닌가. 그 사이 얼굴도 많이 바뀌었을 것이다. 가즈미 씨가 곧바로 알아차리지 못한 것도 무리는 아니었다.

과거 오너였던 요스케가 손님인 척 체류하고 있고, 다른 인간이 요스케를 연기하는 상황을 알아차린 아오야기는 흥미로웠을 것이다.

—기대해도 좋아. 곧 재미있는 걸 보게 될 테니까.

그건 모든 거짓이 드러나는 순간을 의미했다. 하지만, 일어난 것은 살인이었다.

"나는 배를 가르는 심정이었어. 우리의 계획은 실패했다고 말했지. 그런데도 데쓰야는 포기하지 않았어."

그러고는 한밤중에 아오야기의 오토바이를 조작했다. 그로 인해 이곳을 빠져나가려 했던 아오야기는 사고를 당해 목숨을 잃었다.

"요스케를 죽일 계획 중에 아오야기 군 바이크를 사용하는 것이 포함돼 있었나 봐. 그래서 데쓰야가 일찌감치 바이크 구조를 조사했던 거야."

다음은 계획대로 진행하기만 하면 되었다. 적당한 시점에 호텔을 닫고 다른 집으로 옮겨서 산다, 그 누구도 방해하는 사람은 없다.

"데쓰야는 지금 성형이라도 한 건가요? 신분증 속 요스케 씨 사진과 닮으면 그걸로 아무 문제가 없으니까."

"그건 한 달 전에 이미 끝났어. 그래도 바로 가게에 나가면 이것저것 의심받게 되니까, 지금은 쉬고 있는 거야."

그녀는 공허하게 웃으며 테이블에 팔꿈치를 짚었다.

“경찰에는 말한 거야?”

나는 고개를 가로저었다.

“아니요.”

그 말을 들은 그녀가 놀란 얼굴이 되었다.

나도 몇 번이나 망설였다. 스기시타도 경찰에 먼저 말해야 한다고 충고했다. 나의 예상이 맞는다면, 데쓰야는 이미 세 명을 죽인 것이다. 그런 그가 또 한 명 죽이는 일은 식은 죽 먹기일 터였다.

그럼에도 선뜻 결정할 수가 없었다. 사키와 얽힌 일로 인해 나의 영혼은 죽어가고 있었다. 사키를 원망하는 것도, 해고당한 학교를 원망하는 것도 아니었다.

진실을 말하자면, 나는 나 자신을 용서하지 못해 절망한 것이다. 아무것도 모르는 아이에게 나 자신의 환상을 씌워서, 그것을 애정이라 착각했다. 벌을 받은 것은 바로 그 생각 때문이었다. 손을 대지 않았다는 변명 따위로 용서받을 수 있는 문제가 아니었다.

그런 나를, 가즈미 씨는 안아주었다. 나의 부끄러운 고백을 듣고도 경멸하지 않았다.

물론 그것으로 나의 죄책감이 사라진 것은 아니었다. 다만, 누군가에게 그런 식으로 용서를 받은 것은 처음이었다.

그래서 주저하고 망설였다. 그녀를 내 손으로 고발하는 게 맞는 일일까?

가즈미 씨는 조용히 일어났다. 그대로 문을 열고는 나에게 차 키를 던졌다.

"경찰에 전해. 그것이 당신의 역할이야."

그 얼굴을 보고, 나는 알았다.

"데쓰야를 도망치게 한 건가요?"

내가 WAMI를 방문한 후, 그녀는 데쓰야에게 전화했는지도 모른다. 다 끝났다고, 성형이 끝난 후라면 그는 요스케 씨의 여권을 사용할 수 있을 터였다. 위조 여권을 사용할 필요도 없었다.

가즈미 씨는 곤란한 얼굴로 웃었다. 내가 '함께 일본으로 돌아가지 않을래요?'라고 고백했을 때와 같은 미소였다.

"내가 잘못했다는 것은 진즉에 알고 있었어. 언젠가 그것을 바로 세워야 한다고도 생각하고 있었어. 그러니까 당신이 바로 세워 줘."

그녀는 시선을 창밖으로 던지며 말을 이었다.

"데쓰야는 코나 국제공항에서 미국 본토를 향해 이미 출발했어. 앞으로 어떻게 될지는 그의 운명에 달려있겠지."

넓은 미국 땅에서 그는 끝까지 도망칠 수 있을까.

나는 차 키를 그녀에게 돌려주었다.

"오늘 재워주는 거 아니었나요? 이러시면 내가 머무를 곳이 없어집니다."

놀란 표정의 그녀에게 나는 웃음을 지어 보였다.

"게다가 나는 내일 돌아가는데, 지금부터 어떻게 하라고 그런 귀찮은 일을 시키시는지."

문득 떠올랐다. 데쓰야는 처음부터 카페를 가즈미 씨에게 맡기고 여권을 손에 넣어 도망갈 생각이었는지도 모른다. 그래서 가게에 가즈미의 이름을 붙인 것이다.

하지만 어디까지나 내 멋대로 해석한 것에 불과했다. 단지 그의 머릿속에 다른 이름이 생각나지 않았을지도 모른다.

다음날, 나는 가즈미 씨의 차를 타고 힐로 공항으로 향했다.

가즈미 씨는 나를 보내고 나서 경찰에 자수하겠다고 말했다. 살인 방조는 이곳에서도 결코 가벼운 죄가 아닐 터였다. 그래도 몇십 년씩이나 복역하지는 않을 것이다.

나는 차를 운전하는 그녀의 옆얼굴을 살펴보았다.

"일본으로 돌아올 거죠?"

"언젠가는 그렇게 되겠지. 죗값을 다 받으면…."

"핸드폰 번호 바꾸지 않고 기다릴 테니 연락 주세요."

내가 그렇게 말하자 그녀는 콧소리를 소리를 내며 웃었다.

"그렇게 말해주는 마음만 감사히 받을게. 연락하게 될지, 그건 모르겠지만."

"연락 주세요. 기다릴 테니까."

그때가 되면, 그녀가 사랑스럽게 느껴질지 아닐지 나는 예단

할 수 없었다. 다만 그럴 수 있으면 좋겠다고 생각할 뿐이다.

"글쎄…."

그녀는 얼버무리듯 말하며 액셀을 밟았다.

"이 섬은 좋은 곳이지만, 일본도 나름대로 좋은 곳이라고요. 덥고, 춥고, 사람은 많고, 별은 안 보이지만."

그렇게 덧붙이자 그녀가 소리 내어 웃었다.

"그러네. 잊고 있었는데, 마음에 잘 새겨둘게."

공항에 도착한 나는 4개월 전과 똑같이 차에서 내렸다. 오늘은 트렁크에서 꺼낼 짐은 없었다.

"연락 주세요."

반복해서 말하는 내게 그녀는 그저 웃기만 했다. 그러면서도 내가 공항 안으로 사라질 때까지 바라보고 있었다.

몇 번이고 뒤돌아 그녀를 보면서 나는 생각했다.

이것 역시 또 하나의 냉동수면이라고.

옮긴이 **윤선해**
번역가이자 커피 관련 일을 하는 기업인이다. 일본에서 경영학과 국제관계학을 공부한 뒤 한국으로 돌아와 에너지업계에 잠시 머물렀다.
일본에서 유학할 당시 대학 전공보다 커피교실을 열심히 찾아다니며 커피의 매력에 푹 빠져 지냈기 때문에, 일본에서 커피를 전공했다고 생각하는 지인들이 많을 정도다.
그동안 일본 커피 문화를 소개하는 책들을 주로 번역해왔다. 옮긴 책으로《종종 여행 떠나는 카페》《도쿄의 맛있는 커피집》《커피 스터디》《향의 과학》《커피집》《커피 과학》《커피교과서》《카페를 100년간 이어가기 위해》《스페셜티커피 테이스팅》이 있다.
현재 후지로얄코리아 대표 및 로스팅 커피하우스 'Y'RO coffee' 대표를 맡고 있다.

호텔 피베리

첫판 1쇄 펴낸날 2023년 7월 20일
첫판 3쇄 펴낸날 2024년 1월 20일

지은이 | 곤도 후미에
옮긴이 | 윤선해
펴낸이 | 지평님
본문 조판 | 성인기획 (010)2569-9616
종이 공급 | 화인페이퍼 (02)338-2074
인쇄 | 중앙P&L (031)904-3600
제본 | 명지북 프린팅 (031)942-6006

펴낸곳 | 황소자리 출판사
출판등록 | 2003년 7월 4일 제2003-123호
대표전화 | (02)720-7542
E-mail | candide1968@hanmail.net

ISBN 979-11-91290-25-7 03830